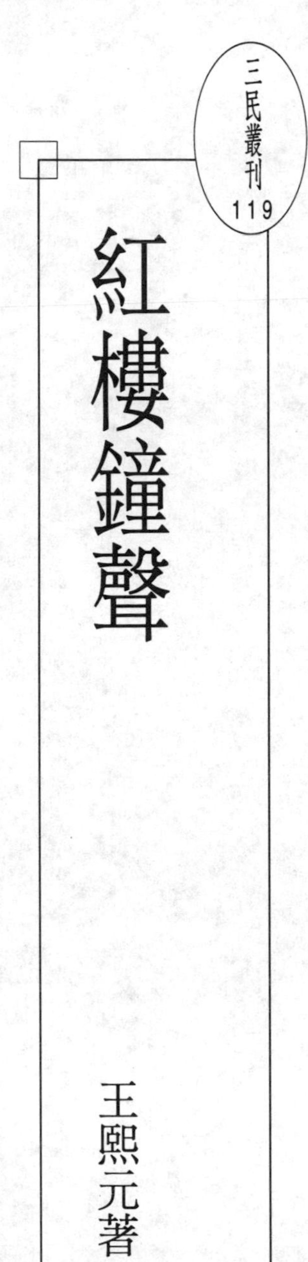

三民叢刊 119

紅樓鐘聲

王熙元著

三民書局印行

散文心情——自序

人在年輕的時候，熱情洋溢，想像力豐富，生命型態最像詩；中年時對世事閱歷漸多，體驗漸深，常想一抒所感，心情恰如散文；待年歲漸入老境，人情日益練達，感慨日益深切，好比一部內容深刻的小說。我一直鍾愛散文，因為散文最像我一向的心情，期望在自由揮灑的空間，由感性的筆觸間帶點理性的澄慮，於生活的美感中開發些許悟境。因此，我一直想持續寫寫散文，可是卻被許多世俗事務所牽絆，幾十年來，精力大多傾注於學術論文的撰寫，在抒情散文方面產量很少，頗有「硯荒筆禿失情性」之感。近來很想回歸散文田園，重新耕耘灌溉，以再現清新美好的心園生機。

說來怎不教人汗顏呢？從民國五十八年冬，由仙人掌出版社出版第一本散文集《文學心路》以來，到現在整整二十五年後，才有第二本散文結集問世。有次詩人梅新提醒我，不妨常寫寫散文；啟佑在信中問我：想不想再回到新文藝天地？瑞騰編當代作家作品錄，就靠我早年這本處女作，才得以收入他的資料中。他們給我的啟發，都對我重拾舊愛有實質的催化作用。

今年適逢休假，又因在家養病，得閒整理舊作，發現過去寫過的文章，雖然多達三百六十餘篇，然大多是學術論文，或半學術性的文學評論，純粹的散文只有四十多篇，算算字數，份量似乎也夠出一本集子，於是我翻檢舊雜誌與剪報資料，把這些作品彙集起來，經過整理歸納，大略分為五輯：一是對生活中人與物、家國與自然的抒情性文字，題為「人間情分」；二是經歷國內外山川風物，遊屐所至的偶然記述，題為「世緣遊蹤」；三是日常生活裡一時興發，稍具哲理意味的想法，題為「生活哲思」；四是平常閱讀詩詞散文，心靈體會的優美情境，題為「文學美境」；五是過去生活點滴的紀錄，奮鬥歷程的回顧，題為「歲月履痕」。

「人間情分」一輯收文十一篇，除〈懷鄉曲〉一篇篇幅稍長外，其餘都是千字左右的短篇，可說是一些抒情短文的集合。從〈尋春〉到〈幾度月圓時〉七篇，是七十一年二月起，與永武、慶萱、宏一、夢機、思兼五位朋友，共同為《聯合副刊》所闢「快筆短文」專欄執筆留下的部分雪泥鴻爪，內容或描寫閒適生活，或抒發離情別緒，或訴說千里相思，自覺有一份真情自然流露筆端。〈觀魚樂〉是曾在中國廣播公司「晚韻」節目中，由趙婉成小姐播出的廣播稿，文字未曾在刊物上發表。〈養鳥記〉則是為瑞騰所主編的「愛與生活小品」第一輯《人間情分》一書所寫的短文。寫〈國破山河在〉一文，是七十五年十月與永武、永義、思兼聯袂至香港浸會學院參加「唐代文學研討會」後，由坤堯陪同遊了一趟澳門，隔著海灣眺望神州大陸，一時心潮澎湃，感懷不已，歸來寫下這篇文字寄給《中央副刊》，那時還是「戒嚴時期」，兩岸仍在封閉狀態，故文章被編者刊於「國際版」，算是保持了一點距離。沒想到世事多變，不久兩岸便開放交流，我也曾兩度踏上那片秋海棠形的國土，一覽魂牽夢縈的故國山河，那份感動與感慨，至今記憶猶新。至於〈懷鄉曲〉一文，則是我從韓國賦歸那年，偶然拜讀大荒先生與讀者討論「江南之戀」的短文，而觸發我對少年時最愛聽、也最愛唱的另一首抗戰抒情歌曲「懷鄉曲」的回憶，發表後曾引起阮毅成、祖凌雲、郭嗣汾先生的熱烈回響，或投函補充，或撰文回顧，連同大荒〈憶江南〉一文所激起的漣漪，一時頗掀起大家回憶抗戰歌曲的一番熱潮。

「世緣遊蹤」一輯收文八篇，從〈北國之春〉到〈旅韓百日〉五篇，都是在《聯副》寫「快筆短文」時的作品，內容都在記敘旅居韓國期間的遊蹤與見聞。〈翡翠珊瑚〉是七十五年詩人節，《聯合副刊》主辦「文學出外景」活動，與幾位詩人朋友洛夫、瘂弦、辛鬱、張默、葉維廉，畫家莊喆，學界朋友黃永武、張夢機、曾永義、沈謙等同遊南部著名的珊瑚潭水庫，歸來為《聯副》企劃的臺南珊瑚潭遊展小輯：「潭上抒情」專刊所寫的短文，寫遊潭當時的心情與雨中朦朧的美感。〈巴陵夜月〉是多年前參加中國青年寫作協會舉辦的「春季文學之旅」活動，與司馬中原、鄭明娳、沈謙等同往北部橫貫公路的巴陵山莊，與青年朋友共渡高山良夜的一次經歷，令人懷念。〈陽明山聽蟬〉也是在中廣節目中播出過的短文。

「生活哲思」一輯收文八篇，其中〈形相美與質性美的融合〉一文篇幅較長，是七十六年十一月間，應《中華日報》約請，為當時國內正欲復起的選美風氣，從中國人的審美觀談選美的書生之見，後來曾被《中央日報》海外版轉載。其餘都是短篇文字，〈花中的君子〉是為《國語日報》「國中語文指導」專欄寫的。〈荷花世界〉是中廣播出的短稿，曾在學生辦的《痕與恆》創刊號中刊出。〈和然後利〉是從文字解析到現實生活層面，剖示人類求利的正當態度在於保持和諧的人際關係，七十六年三月刊於《中央副刊》。〈將軍與僕人〉則是七十九年六月應《國文天地》新闢「學者說故事」專欄而寫的一段小故事，內容頗具啟發性，故時隔兩年仍獲《講義雜誌》垂青，而於該刊六十五期轉載。〈城牆的懷想〉是前述「快筆短文」之一，偶以幼時熟悉的城牆為題，寫出心中的懷念與聯想。〈水滴石穿〉是前年三月為《普門雜誌》「一句偈」專欄所寫，是我小時候記憶深刻、也對我影響深遠的小故事，由此體會出持續努力、終必成功的人生哲理。〈在山泉水清〉則是沒有發表過的短文，好像也曾在電台播出過。

「文學美境」一輯收文七篇，〈月亮與神話〉是七十年九月為《臺灣日報副刊》中秋節專輯「千里共嬋娟」所寫的特約稿。謎可算是中國文學的特殊產物，往往意致精妙而趣味雋永，故撰〈燈謎的妙趣〉刊於《聯合副刊》。〈文學中的境界〉與〈陶謝異趣〉二篇，則是心有所得，在《中央副刊》發表的兩個短篇，前者將詩、詞、散文中所呈現的境界作一聯想，而後者在比較田園詩人陶淵明與山水詩人謝靈運在作品意境與人生意趣上的相異。〈盛唐的田園詩〉與〈大地之愛——唐詩中的田園情趣〉二篇，內容相近而寫法、詳略不同，前者是應《國語日報》約稿，著重在詩的評賞，後者是為《幼獅少年》「中國古典文學專輯」所寫的作品，著重在田園生活的情趣，兩年後收入幼獅文化公司出版的「中國古典文學世界——詩歌」：《大地之愛》一書中。至於〈中國的情詩〉一文，原是七十三年四月在中國文化大學中文系舉辦的中文週——「詩路之旅」活動中的演講辭，後來交給《自由青年》發表。

最後一輯稱為「歲月履痕」，所收錄的八篇文章，全是近年應報刊雜誌特約所寫的回顧性文字。《中央日報》「中學國語文」專刊以「我怎樣學習國文」為主題，約我寫出自己的經驗，我乃回憶中學時受益最多的幾位國文老師成功的教學與自己廣泛閱讀古今文學名著的往事，綴合成篇，擷取韓文公〈進學解〉中名句「沉浸醲郁，含英咀華」為題，以涵蓋文中旨意。

高中母校——師大附中三十五週年校慶前，將出版紀念特刊《新附中》，主編約稿於我，乃追述個人自〈踏出附中校門以後〉在學術上的經歷與進展，以回報母校當年的化育之恩。五十二、三年在軍中服役的那段生活，有意想不到的豐富多彩，當時是獲得碩士學位、考取博士班後才入營的，先在步兵學校受三個月訓，然後被派到部隊當排長，一整年的軍中生活，許多有趣的見聞與經驗，至今猶令人回味，歸來後曾在《中副》寫過幾篇散文，如〈合歡山上〉、〈柳營春暖〉、〈空投記〉、〈葡萄成熟時〉等，多已收在《文學心路》一書中，但只寫出片段特殊經歷，那年碩士班同班同學林至信創辦綜合型雜誌《青年俱樂部》，約我做一個完整的報導，分數期連載，原題「軍中生活散記」，他嫌題意太平淡，乃自作主張改為「〈準博士〉當兵記〉，那有作者自稱「準博士」的道理？我怕讀者誤會，只得特別去函聲明，如今為了保持原貌，仍依發表時的題目。去年《中央日報》「長河」副刊，新闢「拿到博士的那一天」專欄，堂錡邀我打頭陣，遂以〈平心走過獨木橋〉為題，回憶昔年攻讀博士的經過及教育部博士學位評定考試時平靜而謹慎應對的心情。七十七年《中副》邀請一批在學問、事業上奮鬥有成的各界人士，共同回顧「我們走過的路」，我遂從個人成長的歷史中，道出〈從苦難飄泊中來〉的經驗，後來《湖南文獻》季刊曾加轉載，次年由《中央日報》出版專書，由梅新主編，石社長永貴序文稱之為「用淚水寫成的書」。從八十到八十一年，《中副》又以「繁華猶記來時路」為總題，邀請一些學者與作家一起執筆，我從抗戰時期警報聲與炸彈爆裂聲中，回憶起動亂中的艱辛日子及後來奮力上進的讀書教學生活，故題為〈艱辛歲月與書生生涯〉，不久也由《中央日報》結集成書，《湖南文獻》因我是湘籍人士，故又轉載此文。同年《國文天地》主編連文萍小姐設計一個特輯：「寄語後來者——中文學者的求學經驗談」，受邀以「過來人」身分，談談自己就讀中文系所的經驗，並對當前中文系所的青年朋友有所啟發，故取唐人詩句「卻顧所來徑」為題，一述「我讀書與治學的歷程」。至於最後一篇，是去年受漢光文化公司之約，為他們策劃的「博士說故事」叢書第一輯《我們就是這樣長大的》一書，取說故事給青少年朋友聽的方式，乃回憶過去多次登山的經驗，將追求學問乃至人生的奮鬥比作攀登山峰。

以上八篇文章的寫作因緣交代清楚以後，還得說明的一點，是各篇性質有時多少有點相近，故內容不免有些重複，彙輯出書時又不便修改，只得請讀者們原諒。這八篇回顧性作品，是個人在過去歲月中成長經驗的紀錄，也是艱辛奮鬥歷程的實錄，對自己最有回味價值，故總題為「歲月履痕」，彷彿是人生途中一路走來，留在歲月泥土上的足跡，對自己來說，是既清晰而也熟悉不過的履痕。

全書五輯所收的四十二篇散文作品，是個人多年來學術研究工作之餘，間或寫作累積而成的一些收穫，它們產生的淵源，寫作的動機，都各有不同的因素與背景，在擇要各加說明後，當這本書整理完成時的心情，是自己年輕時常讀散文、常寫散文那種心情的回味。作為一個在大學執教的學者，在平時教學、研究之餘，頻繁的學術活動與繁忙的行政工作之外，時時都想在學術領域與研究生涯以外，另尋一片可以自由揮灑的文藝空間，所以，一份散文心情，一直在心靈深處躍動，今後總得騰出時間寫寫輕鬆而感性的散文，將生活中的許多體驗與感觸，一一傾之於筆，訴之於心，願這本散文作品的結集成書，是這份持續的散文心情未來歲月一個新的開端。

至於本書書名《紅樓鐘聲》，取「人間情分」一輯中的一篇篇名為代表，因為這篇短文是當年去韓國講學前，偶聽校園鐘聲抒發的感觸和聯想，而臺灣師範大學，這所號稱「紅樓」而校風純樸的學府，是我生命中淵源深厚的教育環境，半個世紀以來，我在這裡讀書成長，也在這裡傳道授業，校園內一切景觀的變遷、人事的興替，我都瞭如指掌，前年主持校史增修訂工作，便不免興發幾許滄桑感慨！如今惟有那美麗的「維也納森林」依舊，潛在的教育愛心依舊。在我內心深處，願以平生投注心力、付出情感最多的「紅樓」，作為生命意義的寄託，而時時迴盪心頭的「鐘聲」，正是激勵我篤志師範教育和文化薪傳事業而始終不懈的信號，所以，這書名對我來說是深具涵義的。

書後附載我數十年來散文寫作年表，以見我在學術研究和行政工作之外，另一方面興趣持續發展的傾向。大體以純散文作品的發表為主，兼採文學新書的編輯或序跋寫作的紀錄，並適時穿插個人重要履歷，藉此或可略見個人文學生命成長的歷程。年表既以「散文寫作」為主題，故表中所收內容，自然不包括文學評論或其他學術論著在內，這兩部分容在相關新書出版時再另行編列。

民國八十四年元月　王熙元序於臺北龍門居

紅樓鐘聲　目次

人間情分

人間情分

尋春

如果在大陸，尤其是長江以北，春節前後，正是嚴寒的季節，天空大雪紛飛，地面積雪盈尺，放眼四望，天地間一片銀白，粧點出一個銀色世界。景色固然有冰清玉潔、玲瓏剔透之美，但北風凜冽，寒氣襲人，草木都已枯萎，動物都蟄伏冬眠，大地一片沉寂，看不到一絲綠意，也嗅不出些許生命的氣息。一旦大地春回，草木發出了新芽，花朵含苞待放，蟲兒也鑽出了地面，一齊向人間報導春的消息，這時天地才恢復了生機。

生活在臺灣——這幾乎四季如春的寶島，冬天不冷也無雪，草木依然碧綠，除非寒流來襲，才會帶來一些冬日的信息，季節變換沒有明顯的跡象，三十多年來，只在合歡山上見過雪，一度重溫兒時的舊夢，平地真不像冬天。因此，大家對春的來臨，好像並沒有熱切盼望的情緒。

在古典詩詞或小說中，常讀到古人於寒冬過後，騎著蹇驢，踏著殘雪，四處去尋找春的芳蹤，這樣的雅事是十分可愛的！且古人對春的期望，似乎特別殷切，春天將臨人間，人們忙著尋春，到原野，向枝頭，探尋春的消息；春來春去，還得迎春送春；春歸花落，又不免傷春一番。古來詩人詞人，因春的往還而牽動的情意，不管欣悅或感傷，都一一寄之於詩詞，不知產生過多少耐人尋味的作品。我最喜歡的是黃山谷的一首晚春詞〈清平樂〉：

春歸何處？寂寞無行路。若有人知春去處，喚取歸來同住。春無蹤跡誰知？除非問取黃鸝。百囀無人能解，因風飛過薔薇。

古人多情，春歸想留春，雖然不免有「送春春去幾時回」的惆悵，有時卻仍要喚春歸來，希望與春同住，但畢竟春光留不住，一如潺潺流水，悠悠白雲，容易消逝，而且歸向何方？杳無蹤跡，連黃鸝也不知曉，留給人們一片惘然，一陣茫然。因此，我們怎能不珍惜春光，好好掌握人生的青春呢？

給人啟示最深的，還是下面這首〈尋春〉詩：

盡日尋春不見春，芒鞋踏破嶺頭雲，

歸來且把梅花嗅，春在枝頭已十分。

相傳這是宋朝一個尼姑寫的，讀來確有宋人入道詩的意味，而且還很有點禪趣，含義豐富，極有啟發性。人的確有這種捨近求遠，明明是自己心性中所固有，卻偏偏要往外苦苦追尋的務外心，完全忘了「反求諸己」的內省，也許「踏破鐵鞋無覓處」，結果卻「得來全不費工夫」。

正如戴著眼鏡找眼鏡，穿著襪子找襪子，人有時會忘了自我。自身有的，自家有的，自己國土有的，自己文化有的，總以為不好，一切身外的、國外的、遠來的、舶來的，都比較希罕，甚至覺得可貴，為什麼不嗅嗅自家庭院的梅花？而要翻山越嶺，跋山涉水，走遍天涯呢？春蘊藏在每個人的心底，那是生命的根和生機的源頭啊！

想來大陸早已沒有春天，三十多個漫長的寒冬後，同胞們都在尋找昔日的春天，渴望芬芳的春天，他們心知：春在臺灣。

七十一年二月五日・《聯合副刊》

西屋上的雀巢

一個漫長的雨季之後，去年初夏，一個無雨的早晨，窗外微露曙色，幾陣吱吱喳喳的雀噪聲，響自西窗簷下，妻和我都被這聲音喚醒，不知何處飛來的一批訪客？如此擾人清夢！正納悶間，轉覺一陣欣喜，久雨塵封的心情，為之爽朗起來，預料牠們將帶來一個盼望的晴天，教人想起清真的詞句：「鳥雀呼晴，侵曉窺簷語。」

披衣起身，好奇地到窗前探望，隔著窗紗，傾聽一會雀鳴，總有好幾隻吧，好像就聚集在藍色雨簷下，這裡沒有屋粱，也沒有樹枝，牠們如何棲身？輕輕挪動鋁窗，三四隻胖胖的麻雀，敏感地向頂樓飛散。我索性推開紗窗，攀立在鐵窗間，向上尋找牠們棲息的地方。就在西屋冷氣機上，赫然發現一個好漂亮的雀巢！這裡確是理想的鳥居地，上有鋼骨水泥和塑膠的兩層護簷，不但足蔽風雨，而且足夠溫暖，牠們真會卜居啊！

這雀巢築得真美！小小圓圓的巢口，逐漸膨大卻依然渾圓的巢身，每一根同樣細長的乾草，以美麗的弧形一一盤結，這真是自然的傑構啊！我不由得欣賞了好一會，不得不歎服這些小精靈的藝術匠心和奇妙天賦。

下午孩子放學歸來，我問她們有沒有看過鳥窩?她們都說沒有，只在圖片上看過，我告訴她們我家就有，她們自然不信，抱著她們看過之後，都說：「好漂亮哦！」琴心還說：「怪不得有羽毛掉下來,原來牠們就住在上面。」我說：「牠們已在這裡默默地住了一個雨季哩！」

一連串晴朗的日子，天一亮，這群雀兒就開始七嘴八舌地噪鳴了，我說牠們是在開討論會，妻說牠們是在嫁女兒，琴心說牠們生了小鳥，親戚朋友都來道賀，琴怡卻說牠們在開同樂會。可惜我不是公冶長，不能判斷誰說得對。聰明的人類，幾時才能研究出一套音符，讓人聽得懂鳥的語言，豈不妙哉?

習慣晚睡的我，有時還有輕微的失眠，每天一大早就被雀兒吵醒，常覺得睡眠不足，於是開始有點討厭牠們了。一天，我試探孩子們：「我們拆掉這鳥窩吧！」她們齊聲反對，九歲的琴怡說：「那怎麼行?那是牠們的家。」「嗯！真的，那是牠們溫暖的家，我怎能為了自己而去摧毀鳥雀的家呢?老大琴心接著說：「你可以早點睡嘛！」從此，只好改變我的生活習慣。

天氣炎熱起來，熱到晚間睡眠時必須開冷氣的時候，心想冷氣一開，一來冷氣機會有輕微的振動，二來機面會持續增高熱度，可憐這些雀兒，勢將被迫遷居，可是幾天下來，竟毫無動靜，原來牠們安之若素，把「西屋」當作牠們的搖籃和溫床。好在牠們有時也不太吵人，至今我們仍相安無事，彼此都不干擾。牠們不但已在這兒定居成家，只怕還會傳宗接代呢！

七十一年二月十一日・《聯合副刊》

有情天地

人間之可愛，是由於人間有情，而情足以溫暖心靈，滋潤生命。一個初臨人世的嬰兒，只有稚嫩的小生命，全靠「吹彼棘心」的「凱風」，才能成長茁壯起來。孟郊所吟的「慈母手中線，遊子身上衣。」描繪出多麼動人的人間至情！一個白髮蕭蕭、和藹慈祥的老祖父，堂上含飴弄孫的天倫樂趣，又是多麼美好的人間畫面！

一對恩愛夫妻，或如琴瑟之和諧，或如鶼鰈之情深，這是多少人追求的人生幸福！當他們還是年輕的情侶時，披著一山雲影，或踏著一徑月色，靜靜地互訴衷曲，兩情相悅，而完全沉浸在愛的溫馨裡，這又是多麼甜美的人生！

感情真摯的朋友，無論是久別重逢，或他鄉偶遇，「風雨故人來」的黃昏，或「明日又天涯」的深夜，當他們促膝談心、互通款曲時，真是足慰平生，也是人間至樂！且看李白的詩句：「桃花潭水深千尺，不及汪倫送我情。」可見他們友情之深。

一群黃口小鳥，在巢中嗷嗷待哺，母鳥忙著到處覓食，急著飛回舊巢，又不厭其煩地銜食一餵哺；當一隻貪婪的老鷹在低空盤旋，機警的母雞必然迅速張開兩翅，呼喚並小心翼護著牠稚弱的小雛；不都是天地間的母子之情嗎？他如烏鴉反哺，羔羊跪乳，老牛的舐犢情深，比翼鳥和比目魚的相愛，鴛鴦的雌雄不離，在在都可見人以外的動物世界，莫不有情。

在童話世界、卡通世界裡，不但許多人物具有天真的性情，即使小青蛙、小浣熊等，也都賦有無邪的情愛。小說、戲劇最動人的地方，還是那些精彩的情節，惟有感人肺腑的情節，才能掀起一波波高潮。電影中足以扣人心弦的鏡頭，必然訴之於情感，若演技精湛、真情流露時，確能引人同情，賺人眼淚，而留下永生難忘的一幕。

好的文學作品，在於美與動人。能引起美感的因素，也許很多，若使心弦產生共鳴，必是情真語摯的抒情詩文，古文中的〈出師表〉、〈陳情表〉，現代散文中的〈背影〉等，都是人間至文。古代詩人詞人筆下，蠟燭、楊柳、浮雲、落日、花鳥、山水，都有活生生的情感和生命，這種「無情事物的有情化」，修辭學家稱為擬人，美學家稱為移情作用，極耐人尋味。

為離情所苦時，詩人杜牧覺得：「蠟燭有心還惜別，替人垂淚到天明。」詞人晏幾道也說：「紅燭自憐無好計，夜寒空替人垂淚。」送別友人時，眼前景物，彷彿都感染了離情，李白乃寫出「浮雲遊子意，落日故人情。」離亂時的杜甫，更吟出「感時花濺淚，恨別鳥驚心」的名句，連花與鳥也感傷起來。楊柳和春水，被引為相思的見證，周邦彥寫道：「欲知日日倚闌愁，但問取、亭前柳。」李清照也說：「惟有樓前流水，應念我、終日凝眸。」面對青山，物我可以相融，如李白的「相看兩不厭，只有敬亭山。」辛棄疾的「我見青山多嫵媚，料青山見我應如是。」經過移情作用，詩詞顯得情趣盎然，世間處處有生機，真是一片有情天地！

七十一年三月八日・《聯合副刊》

紅樓鐘聲

我喜歡聽洪亮的鐘聲，當層層音波在空際迴盪，聲振林木、響遏行雲時，那深沉的音響，也震撼著心靈，發人深省，也給人多少啟示！

從學生時代起，已習於聽校園鐘聲，屈指算來，在師大就已聽了將近四分之一個世紀，當年一個年輕的學子，就在這鐘聲裡逐漸成長，登上講壇，成為人師，也進入中年，成為人父，昔日的我與今日的我相比，不免有幾許感想。

那天在研究所上群經大義，下課鐘聲從窗外傳來，第一次發覺：那聲音怎麼這樣沙啞？就像破嗓子說話，難道鐘也會老邁困倦？不忍卒聽，只好匆匆下課。走廊上遇見訓導長，我問他：今天的鐘聲何以如此難聽？他說這座歷史悠久的古鐘，最近有了裂痕，難怪聽來已不如從前那樣清朗。

一口古老的鐘，高懸在行政大樓的樓頂，這座紅磚砌成的樓房，師大人習稱「紅樓」，我常提示學生：可別在這兒遊蕩蹉跎，畢業時一回顧，徒留「四年一覺紅樓夢」的感慨！鐘聲每天在響，對年輕的心靈是一種激盪，激勵你們嚮往學術的殿堂，邁向人生的理想，可不能懈怠，更不要徬徨！

二十多年來，紅樓同樣的鐘聲，昔日與今朝，當然有異樣的心情，過去自己身受栽培，曾幾何時，卻成為這林園的園丁，想著自己成長的歷程，望著一群群青年來這裡成長，歲月無情地流逝，我常想，也常對他們說：人生雖然有限，人間事業卻無窮，教育便是一種愛心的永恆奉獻，生命如同長流不息的水。

最近將應邀去韓國作短期講學，紅樓的鐘聲，聽來總有幾分依依之感，想起不久將隻身到異域，那裡會有這樣的鐘聲嗎？學生說：「老師不要去嘛！」一顆小水滴在江河裡那能自主啊？人總要出國看看外面的世界，何況還負有學術文化交流的使命呢？

校園鐘聲是屬於人間的，入世的，富有積極意義的，不像教堂或寺院的鐘聲。不過教堂的鐘聲，曾振起古今多少聖潔的靈魂！而深山裡寺院的鐘聲，也不知震醒過多少迷失與沉淪的人心，啟悟那深藏的佛性。人在鐘聲裡，如果還懵懂迷茫，瞑然昏睡，真不知還有什麼聲音才能振聾啟聵？

王陽明曾寫過一首詩，寫出他中年的心聲，他要「起向高樓撞曉鐘」，因為他「不信人間耳盡聾」，所以撞響了良知的洪鐘，想喚醒人間的迷夢。真佩服陽明這份執著，執著於對生命的信念，對文化的理想，對人類的一份使命感。我常覺得：陽明的話，就像一具心鐘，時刻在心靈深處響起，警醒自己：要像過河卒子，一往無前。

七十一年三月三十日・《聯合副刊》

燭影・離情

孩子不時依偎在我懷裡，撒嬌地說：「爸爸！你不要去韓國嘛！」每天朝夕親近慣了，顯然捨不得我遠離，只好安慰她說：「只要做幾個甜蜜的夢，爸爸就回來了！」妻倒是鼓勵我去，好在時間不長，說得堂皇一點，一來為華夏文化到海外播種，二來為國家做點國民外交，三來為學校與友邦大學作一番學術交流；說實在點，是為個人增長見識，擴展生活經驗，不得不欣然踏上旅途，雖然此間事情繁多，而家中已瀰漫著濃濃的離情。

近月以來，連連接受同仁們、朋友們為我舉行的餞別宴，前後總有十來次之多，最後因行期匆促，也婉謝過一些。他們的熱情和盛意，讓我內心萬分感激！好像非如此不足以壯我行色，我還有什麼理由拂卻大家的好意呢？席間勸酒的話是「北到漢江無故人」，也有人調侃說是「放洋」，既不是西洋，也不是東洋，就算是「北洋」吧！

同學們所表現的各有千秋，師大夜間部同學，有的全班簽名，寄我一張意義深長的卡片，卡片上的畫面，是一片藍天白雲，一個以草帽遮面的人，自我陶醉地躺在雲堆裡，兩隻雲雀在一旁歡唱飛舞，雲的上端有燦爛的陽光，下方有一彎絢麗的彩虹，似有極豐富的象徵意義。卡片內錄下李白〈金陵酒肆留別〉一詩，作為送別辭，倒還蠻切的，尤其末兩句：「請君試問東流水，別意與之誰短長？」寄意深長，耐人尋味！

畢業班送我一面小旗，也有派代表集體到家裡來聊天的，他們參觀我四壁皆書的書齋，欣賞壁間的字畫，和昔日的生活照片，天南地北的閒談，從讀書談到人生，從李敖談到文化，話題莊諧兼具，倒也輕鬆愉快！

那天去華岡上《楚辭》，同學們知道是我出國前的「最後一課」，碰巧停電，教室在大仁館中央，不靠邊窗，沒有天光雲影，室內一片黑暗，只見講臺上早已準備好一支美麗的水紅色蠟燭，還有三個陪襯的彩色蘋果形蠟燭，點燃之後，他們竟全體起立，為我齊唱一首祝福歌。燭影搖曳，歌聲在耳際迴盪，是如此優美動聽！一時間，我的心靈已完全浸融在這充滿詩意和感人的時刻裡。桌上一張簽滿了名的卡片，卡面是一隻解纜橫櫂的扁舟，好像即將出發遠行，卡片內題著：「您的聲音是美妙的搖籃曲，您的凝望是動人的神態。」幸好不是催眠曲，但搖籃曲可也是催眠的啊！

上文學史的課，講台上又是一張卡片，另有一包長條形的紀念品，那是五個迷你型的香爐，形式、花紋各不相同，各有一個鏤空的小蓋，都作帶綠鏽的古銅色，小巧精美，令人喜愛！五個古典香爐，豈不正象徵著五千年文化的香火不絕嗎？下回讀聖賢書，該焚香淨心，享受一下古人香煙繚繞、滿室絪縕的芬芳氣氛，那時我將記起這群可愛的青年。

永武說我驛馬星動，沒想到偶然一個出國的機會，倒使我領略如許深情！朋友間的、師生間的深情，我都銘記在心，留作未來美好的回憶和深切的感念。

七十一年四月十二日・《聯合副刊》

天涯若比鄰

坐在韓航波音七四七巨型客機上，臨窗俯瞰，但見白茫茫一片雲海，浩浩蕩蕩，真如萬頃波濤，瀰漫在無際無涯的空間；有時舒捲自如，像草原上成群蜷伏著的綿羊；有時奔放壯觀，像沙場上萬馬奔騰。思緒也如波濤般起伏，腦中浮現妻兒、家人和兩位韓籍學生揮別時的形影，不知此去將有何種遭遇？幾許新奇和興奮感，一直在心頭盤旋蕩漾。

服務生送來一份豐富的餐點，慢慢享用之後，從透進溫煦陽光的小窗望去，窗外依然是「白雲無盡時」，想看看長江口、東海水，厚厚的浮雲好無情！雖遮不住白日，卻遮住了長安！正閉目養神，偶然一瞥，不知幾時已浮雲散盡，地面出現清晰的景物：山丘、河流、港灣、島嶼、房屋、道路、田園、村莊，一一映入眼底，莫非已進入韓國國境？半小時後，飛機便降落漢城機場。要是在唐詩、宋詞的時代，就中原或江南來說，高麗準是天涯之外的天涯，如今卻只需兩小時行程，真是「天涯若比鄰」啊！

隨著幾位來迎接的韓國朋友離開機場，準備搭火車去大田。車過漢江大橋，只見江面遼闊，江岸絲絲垂柳，在斜陽中迎風飄拂，那柔條千縷的美景，像煞記憶中兒時所見的江南。這天正逢「植物日」（相當於我國的植樹節）假期，漢城車站內人潮一波一波湧來，男女老幼都很有秩序地排隊進站上車，沒有爭先恐後。我盡情地瀏覽車窗外黃昏時的異國景物，兩小時後，車抵大田，剛踏出車站，忽然聽到一聲標準的中國國語：「老師，歡迎！」教人又驚又喜！一位女同學立刻在我衣襟上別上兩朵紅色的康乃馨，原來文學院長率同中文系老師、同學代表二三十人來歡迎，好令人感動的一幕。

滿街都是看不懂的韓文市招，偶爾出現幾個漢字，便特別感覺親切，如見故人。不過報紙上的標題，仍多漢字；中學生黑色制服上的名條，也是漢字；他們的姓氏，如金、李、崔、柳之類，全和中國一樣；名字喜歡用忠、孝、仁、義諸字，富有濃濃的中國文化色彩；行政區域分道、郡、邑等，承襲了古代中國的制度；他們民風淳樸，生活勤儉，待人溫厚，青少年彬彬有禮，對長輩尊敬有加，許多優良的中國傳統，在這裡保存無遺，益使我感到「天涯若比鄰」，真是此言不虛！

韓國朋友之和善好客，人情味之濃厚，一如我們中國人。除了曾接受校長、文學院長的款宴外，中文系、韓文系裡新舊相識的教授們，常請我吃韓國風味的烤牛排或牛排湯，怕我不習慣生冷辛辣的韓國飲食，有時陪我去大田的「王妃城」嘗中國菜，有時到儒城的「韓賓莊」吃三鮮麵，盛情美意，給我多少溫暖！正如這裡春天的陽光。

學生們純真可愛，他們仰慕中國文化，熱心學習中國語文，研讀中國文學作品，喜歡和我用中國話交談。有的常來宿舍為我做早餐，有的陪我上街購物，生怕我生活不方便。從一張張誠樸的笑臉裡，從細心有禮的舉止上，我又體會到「天涯若比鄰」的意味。

七十一年四月二十七日・《聯合副刊》

幾度月圓時

今夜月亮又團圓了。屈指算來，在韓國已見過四度月圓，前三次都是不經意間所見，這最後一回，卻是數著日子期待到的，從銀鉤似的一彎新月，到半輪上弦月，終於又是月圓時。這番月圓之後，便是我預定的歸期，難怪近來老盼殘缺的月兒快點團圓。

記得第一度月圓，是來韓後的第三天。幾個學生陪我去市場買菜，在小城晚餐後，回到校園裡，舉頭見夜空明淨，月輪高懸，此刻與妻兒遙隔千里，頗興「天涯共此時」之感。

第二度月圓，是五月初去漢城演講歸來。那天黃昏之後，乘高速巴士駛出市區，窗外一輪明月，冉冉升上山頭，由淡黃漸漸轉為皎白，時而清朗如鏡，時而被浮雲遮蔽，時而雲破月來，時而隱約於樹梢，我一路望著明月出神，而異國多情的月兒，也一路送我到儒城。

第三度月圓，是六月初旬。與啟明大學幾位韓國朋友，飯後漫步大邱街頭，偶然瞥見皓月當空，在紛繁的人潮燈影裡，而我卻獨自尋思，陡然憶起：這天正是妻的生日，婚後初次遠別，良辰瀛海相隔，只得以心香一瓣，遙致深深的祝福。想起東坡說的「何事長向別時圓」，真有幾分無奈！

一春花開花謝，幾度月缺月圓，匆匆春已歸去，初夏的臺北，植物園那一方荷塘，想已綠蓋亭亭，荷香陣陣，月下依舊清涼如昔。妻來信告訴我：家裡窗台上的梔子花，已經開花，葉子油綠；龍吐珠真的吐珠了，紅白分明，煞是好看！這裡儘多奇花異卉，色豔而香濃，畢竟只堪作一時的欣賞，何如自家泥土生長的花那麼久而彌芳？

學生常用不十分標準的中國話問我：「老師，你寂寞嗎？」「老師，您想家嗎？」「您整天整夜想念師母嗎？」聽不見妻的溫語，看不見孩子的笑靨，怎能不寂寞？怎能不想家？幾回夢裡相聚，一切依然如故。前些天，學生笑著問我：「老師，您什麼時候最想家？」我想該是岑寂幽獨的月圓之夜吧！有一次，與幾個研究生餐聚，我辭酒不飲，其中一位提出異議：「老師，濁酒一杯家萬里啊！」可喜他用得這麼貼切，只好爽快地乾它一杯。

琴心在信上畫了兩張簡單的面孔，一張嘴角向下，旁注「我現在的心情」，一張嘴角微翹，一副笑口常開的樣子，旁注「我看到您回來的心情」，好生惹人憐愛！琴怡畫的小精靈，十四張圓臉，有十四張不同的表情，真是別出心裁！她們信中每一句稚氣的話語，都讓我百讀不厭。妻早就在細數歸期，已覺得魂牽夢繫，度日如年。月夜林間傳來的杜鵑聲，一聲聲提示我：「不如歸去！不如歸去！」催得我真個歸心似箭。默吟著杜子美的月夜詩，覺得分外親切有味。歸期漸近，一心渴盼著：人月圓時。

七十一年七月十八日・《聯合副刊》

觀魚樂

家裡自從養了金魚以來，生活中自然平添不少樂趣。

每天早晨或傍晚，孩子們上學前或放學回家，一家人團聚在餐桌旁進餐時，几案上那長方箱型玻璃魚缸裡，三條金魚便一齊浮到水面，張口搖尾，一副急於求食的樣子。琴心順手把綠藻飼料往魚缸裡灑，水面便飄浮著一層綠色的顆粒，於是立刻引起一陣騷動，魚兒們紛紛搶食，不一會兒，水面便又恢復了平靜。

飽食以後，兩隻大金魚便開始追逐嬉戲。那隻裙緣鑲著黑邊的金魚、被孩子們稱為黑斑魚的，一定是雄魚，牠一直在後面追逐著另一隻清一色的大紅魚，大紅魚總是不斷地閃躲迴避，彷彿帶有幾分矜持和羞澀。

牠們常表演各種優美的游姿，那金黃泛紅而細緻的鱗片，在晚間明亮的燈光下，閃爍著迷人的光彩，尤其尾部那分歧得曲線玲瓏的裙裾，真像一對舞姬的美麗長裙，自然款擺出無限的風韻，展現出萬千儀態。牠們時而側身貼近水底砂石，一個縱身便翻騰躍起，姿勢之美妙動人，有如優雅的探戈舞步。

還有一隻小紅魚，和兩隻大的不同種，只有分叉的尾鰭，沒有寬大的裙幅，而且體小身輕，翻起筋斗來尤其便捷，有時左翻右翻，翩然輕靈，真像水晶冰宮裡精彩的花式溜冰舞。說起這隻小紅魚，年前初養時瘦小得可憐，如今已長大了許多，牠的生命力可真強！當初與牠同時養的小魚，先後死掉了五個同伴，而牠卻堅強地活到現在，而且越來越活潑，牠的奮鬥精神和對環境的適應力，正說明了天地間一切生命的真諦。

閒來魚兒們常倒垂著身子，用口吞吐著缸底的細石子，當作一種好玩的遊戲，有時用嘴去移動粉紅色的塑膠荷葉，臺灣地形上有大小兩間小屋，鮮紅和翠綠色的屋頂，煙囪裡不時冒出一串串水泡，像一縷縷炊煙升起，黃色的水輪轉動時，也轉出一個個水泡來。水底點綴著幾個石頭和貝殼，白色的鵝卵石是那年孩子們從小琉球海灘撿來的，那閃亮的螺狀貝殼，則是在佳樂水的岩縫中覓得的。

清洗換水後的魚缸，放幾粒晶瑩的「海波」，水會變得格外清澈，甚至透明可鑑，看來令人神清意爽。從過濾器的曲管中流瀉出的清水，沖激成無數亮晶晶的水沫，魚兒常游到這裡，迎頭接受浪花的沖洗，享受衝浪似的快感。

常欣賞魚兒在水中悠游，那麼快樂自在，好生羨慕！而魚游之樂給我們帶來如許悅樂，自然界一切生命不都在各自樂其所樂嗎?當年莊周和惠施在濠梁觀魚，為魚樂不樂與安知魚之樂所發生的一場爭辯，實在是多餘的巧辯啊！

養鳥記

近年養過三次鳥，三次經驗曾帶給全家不少歡樂，沒想到卻也帶給我們如許痛楚，而且一次比一次深。於是暗自發誓：今後再也不養鳥了，因為我們體認到：鳥是自然的產物，該讓牠們活躍於廣大的林間，翱翔在遼闊的天空，不該關在籠子裡，害牠們失去自由。要聽鳥鳴，該去山林、去原野，聽牠們自由的歡唱，那才是大自然美妙的音樂。

第一次養鳥，是與妻偶然在景美散步，逛到一家鳥店，一時興起，買了一對相思鳥回家，那年春天，牠們婉轉動聽的歌聲，為我們譜出一春的歡欣。孩子好奇，常從籠中放出來，不小心飛走一隻，留下的雌鳥從此鬱鬱寡歡，不再唱歌，我們怕牠寂寞，特地為牠另配一隻雄鳥，起初相互排斥疏離，久久才彼此接納，相安無事，但卻不如從前那麼親近熱絡，許是感覺新不如故吧！有一天黃昏，兩姊妹異想天開，趁大人不在家，竟將鳥籠提到頂樓倒懸起來，一對鳥兒都奪門而出，飛得無影無蹤，茫茫天地，不知牠們飛向何處？到哪裡覓食？全家都為此擔心惆悵了好幾天。

第二次養鳥，是鄰居李太太送來一雙白文鳥，羽毛白白淨淨的，顯得純潔可喜，而且也不像相思鳥那麼活潑，滿籠子活蹦亂跳，總是文文靜靜的，像嫻淑的大家閨秀。白文鳥雖然不會唱歌，卻也安閒乖巧，逗人憐愛。偶而放出籠來，與人十分親近，沒有絲毫機心。許是同居一籠，相處日久而生厭，或者久在樊籠裡，苦悶無處發洩，雄鳥竟時常欺侮雌鳥，雌鳥頭部常被雄鳥啄得羽毛脫落，好不可憐！後來兩隻先後病死，令人難過了好一陣子。

第三次養鳥，有點傳奇性，一天，怡兒念的國中高居三樓的教室裡，忽然飛進一隻綠黃色羽毛的小鳥阿蘇兒，被她們輕易地捉住，孩子見牠跛了一隻腳，腳爪都不存在了，便大生憐憫之心，小心翼翼地捧回家來收養。關進籠中，居然暴跳不安，放出籠來，便滿屋子快樂地飛，好一隻追尋自由的鳥！牠常飛到我們肩頭停息，讀書寫作時也飛來相伴，一時客廳、臥室、書房，到處都留下白色的鳥糞，我們任由牠自在地生活。一天晚上，我從學校回家，妻紅著眼睛，噙著淚水，正在用吹風機為鳥吹乾羽毛，原來牠闖進浴室，黑暗中掉到馬桶裡，好一會兒才被發現，但已回天乏術，兩個孩子夜讀歸來，大家都傷心得流淚，只好強抑住悲痛的心情，為牠裝殮一番，深夜踏著淒寒的月色，送到附近公園的樹下埋葬，並為牠祈禱早升鳥的天堂。

一切生命都是可貴的，當我們所愛的失去生命，便是失去愛，怎不教人悵然若失呢？

七十九年二月·收於《人間情分》

國破山河在

浩劫之後，神州陸沈，山河變色，那年我十四歲，隨父親的空軍部隊，從柳州飛來臺灣，光陰真如逝水，一晃已三十八個年頭了。這三十多年，在自由安定的復興島上，忙著求學、成家、教書、研究，不時會有一縷淡淡的鄉愁襲上心頭。童年的往事，家鄉的人情，故國的河山，時而浮現腦海，令人追憶，也不勝懷念之至！

從小學到高中，一直對地理感到莫大的興趣，一本分省小地圖，被我翻得破爛不堪。初上高中，寫過一篇〈山河之戀〉，對「駿馬秋風冀北」的塞上風光，「杏花春雨江南」的柔美景色，都十分嚮往！可惜我只領略過江南之美，而無緣親歷長城、黃河一帶的雄關要塞。前些年去韓國講學歸來，偶然讀到大荒先生的文章，談到抗戰時的一首名歌：「江南之戀」，因而勾起我的回憶，也在「晨鐘」上寫了一篇〈懷鄉曲〉，以寄我深深的懷鄉之情。

一部「江山萬里」圖集，從「千里絲路」到「白山黑水」，幾番臥遊而始終不倦。電視影片中的「西湖」、「黃山」和「錢塘江潮」，那些優美、雄奇與壯觀的畫面，曾捲起我陣陣思潮，引領我神遊故國。莊因的《八千里路雲和月》、高準的《山河紀行》，常常伴我入夢，也常讓我從他們的筆端，得知一些彼岸遙遠的訊息。

近年兩度到香港參加學術會議，一次住在九龍的美麗華飯店，一次下榻浸會學院的招待所——映月臺，也在九龍半島，踏在與大陸相連的土地上，心中頗有一種異樣的情懷。剛到中文大學客座不久的宏一，權充嚮導，帶我們逛沙田最大的商場，還看了一場電影，片名「神州大地女兒國」，片中全是山河景色，與邊疆的奇風異俗，鏡頭令人賞心悅目，卻也令人繫心縈懷。

首次赴香港，幾位朋友特地驅車到新界北方，從勒馬洲遙望故國，回來寫詩感慨一番。當時正好受邀拜訪港大中文系，因而失去了一次機會。再度赴港時，去了一趟澳門，看看古蹟、古董之外，特別去邊界眺望，隔著一道海灣，坤堯指著對岸的山巒說：「那邊就是大陸」，夢寐中的神州，竟赫然出現眼前，不由得心潮澎湃不已！陸地接界處，一道白色拱門，近在咫尺，卻隔開兩個不同的世界！

去澳門是夜航，只見海上夜色茫茫，天空偶有星光點點，次日中午返港，真是來去匆匆！回航時，船經澳門外海的零丁洋，不禁低吟著當年文信國公「零丁洋裡嘆零丁」的詩句，而感慨系之。

經過珠江口，隔窗望著南海遼闊的水面，浩渺的滄波，想到由此上溯，便是地靈人傑的偉人故鄉中山縣，怒潮澎湃的革命搖籃黃埔和革命策源地廣州，舉目河山，真不勝故國之思！

近世以來，那曾是歷代祖先開創基業、華夏文化孕育發展與民族生命綿延所寄的大好河山，幾經烽火戰亂，歷盡滄桑世變，遭逢多少苦難！如今國土依然殘破，國家仍舊分裂，而海峽兩岸的中國人，分別過著截然不同的生活，大家都渴望金甌完整，山河一統，都盼望生活自由，國家富強，這是當代中國人最神聖的使命、最熱切的希望。

杜少陵遭逢安史亂後身陷長安，寫下「國破山河在」的感慨，也正是我遊澳門的感慨。他日禹甸重光，河山再造，重整家園之餘，再作萬里遨遊，為期當不在遠。

七十六年三月二十日・《中央副刊》國際版

懷鄉曲

三十多年來，每當讀到詩詞中描寫江南美景的句子，或抒寫思念江南風物的情懷，總會情不自禁地感到一陣欣然，又一陣黯然。欣然的是彷彿字裡行間，又看到了江南「煙籠十里」的柳堤，又嗅到了江南「飛上詩句」的荷香；但睽違江南這樣久長，那兒的人情景物，真教人魂牽夢繫，而感懷最深的莫過於一首美麗的歌曲：「江南之戀」，常常給我「水一般的柔情，花一般的嬌香，夢一般的溫存，雲一般的迷惘。」

那天早晨，攤開《中央日報》「晨鐘」副刊，一眼就瞥見大荒先生大作〈唱不盡的情懷〉一文的副標題——關於「江南之戀」覆讀者，一時眼睛為之一亮！離開江南故土以來，第一次在報端看到有人寫文章談這首可愛的老歌，真像聽到空谷足音般欣喜莫名！

妻知道我會唱「江南之戀」，特別告訴我：大荒先生前不久寫過一篇〈憶江南〉，我問多久以前？她說大約一個月前，說著便在一大疊舊報紙中翻檢，果然翻出七月二十六日的《中央日報》，一口氣讀完，心頭感到十分熨貼，也因此勾起我同樣的情懷。

抗戰時期的一些老歌真好！無論是愛國歌曲，或藝術歌曲，不但歌曲充滿熱烈真切的感情，曲調旋律也優美動聽，扣人心弦。那時流行的抒情歌曲中，我最喜歡的有兩首，一首是「江南之戀」，另一首是「懷鄉曲」，這兩首美不可言的抒情曲，詞曲都是上乘之作，婉麗清新的風格，輕靈雋永的韻味，真教人百聽不厭，也百唱不厭。

當年從大陸帶來的一些歌詞歌譜，三十年前，在南臺灣東港大鵬灣讀空軍子弟中學的時候，曾整理成一冊手抄的歌本。每當夕陽無語的黃昏，或星月明燦的良夜，我總愛與二三好友，踏著落照的餘暉，或皎潔的月色，漫步在涼風習習的海濱，輕哼著心愛的「懷鄉曲」或「江南之戀」。

可惜的是，這可貴的歌本，後來被同學高耀漢借去，始終沒有歸還。高君是抗戰初期八一四空戰創造輝煌戰績的空軍英雄高志航將軍的公子，十多年前，還在臺北街頭相遇，如今，這歌本不知已流落何方？「懷鄉曲」全部歌曲還記得清清楚楚，「江南之戀」卻忘了「殷紅的漁火，獨照江灘」的前一句，大荒先生〈憶江南〉文中所錄的歌詞，跟我記憶中的頗有出入。此刻真想找回那失落了三十年的舊歌本，一則讓記憶中的殘曲拼成完璧，二則重享那些老歌的溫馨，以深慰濃濃的思鄉懷舊之情。

小時候生長江南，故鄉在洞庭湖南邊的湘江之濱，卻誕生於龍蟠虎踞的石頭城，那曾經是六朝金粉、秦淮風月的金陵城，在遙遠的記憶中，那兒有我多少童年的舊夢，玄武湖的碧波，棲霞山的紅葉，新街口的繁華，夫子廟的雜耍，都曾讓兒時的我流連忘返。至於故鄉的青山翠野，長河塔影，那一線風箏升騰飄蕩過的蒼穹，那一群玩伴追逐嬉戲過的橋拱，也都是記憶深處抹不去的刻痕，教人懷念不已！

久住臺灣，只見四季如春的自然景觀，到處是椰風蕉雨的亞熱帶風光，好久好久不曾經歷四季分明的故園景色：春日的桃紅柳綠，燕子翩翩；夏日的榴火照眼，荷葉田田；秋天的桂子飄香，楓紅片片；冬季的寒風呼嘯，白雪皚皚。這兒少見桃花榴花，楓葉經秋不紅，冬日平地更無雪景，老覺得心靈深處有一份欠缺，有一份眷戀。

「江山萬里」圖片集中的「煙雨江南」，教人瀏覽不倦，愛不忍釋。蘇州、杭州的秀麗江山，太湖、西湖的瀲灩波光，夠讓人大興「雖不能至，而心嚮往之」的心情。

聽說韓國的山水很像中國的江南，今春去那兒盤桓了三個多月，從漢城出京畿道到江原道的沿途風光，從大田到全州的湖南地區，山形之靈秀，湖光之明媚，林木之蔥蘢，田園之寧靜，尤其那柔長婀娜的垂柳，那聲聲催喚「不如歸去」的杜鵑聲，的確酷似江南。這一春美好的時光，彷彿已置身夢寐中的江南，要不是為了太想臺北的家，也為了獨居海外的寂寞和不便，真該留在那兒再過一個秋冬，欣賞那滿山紅豔醉人的楓葉、那大地粉粧玉琢般的銀色世界。

回國之前，一群中文系的韓國學生，為我舉行歡送會，由代表獻給我兩朵玫瑰、一面感謝牌，還全體獻唱韓國歌曲，唱出無盡的祝福、無盡的愛，場面好教人感動！最後也要求我唱一曲中國歌，懷著深深的思念，我唱了一首最喜愛的「懷鄉曲」，歌詞是這樣的：

一定有一天，
回到我那甜蜜的家園，
在數不盡的青山的那邊，
在飄不斷的白雲的那邊。
那邊——
敵人種下了滿地的瘋狂，
敵人給了我們：
無數的破爛。
田園荒蕪了，
房屋焚燒了。

我那白髮的爹娘，
幾次跨進了我的夢裡邊。
天知道啊！天知道！
老人家的存亡。
冬天如果來了，
春天還會遠麼？
那一天：
敵人退出了我的家園，
孩兒回來了！回來了！
在數不盡的青山的那邊，
在飄不斷的白雲的那邊。

這首歌歌詞之流暢，曲調之優美，情意之純摯，風味之宛轉，字字聲聲，動人心弦，與「江南之戀」真有「異曲同工」之妙！但三十多年來，從沒有聽國人唱過這首美好的抒情曲，不知大荒先生及其他讀者是否熟悉？好歌不厭百回唱，就像好書不厭百回讀一樣，真希望大家多唱唱像「懷鄉曲」和「江南之戀」這類純情而優美的歌曲，以美化我們的心靈，淨化我們的感情生活，使久蟄的故國之思得以稍稍舒解，並鼓舞「待從頭、收拾舊山河」的堅強意志，共同完成復國還鄉的民族心願。

七十一年九月二十日・《中央日報》晨鐘副刊

世緣遊蹤

北國之春

春到人間，先在南國旅行，腳步再徐徐往北移。

記得四月初，剛踏上這北方的國土時，南國的臺灣，春已久住，杜鵑、櫻花都盛開將謝，而此地卻還是寒冬方逝，新春初臨的時節。第一次跟忠大中文系全體學生見面時的講話中，我說：「現在冬天已經過去，春天也已來臨。」沒想到學生中竟冒出一句：「韓國的春天是歡迎老師而來的。」這樣可愛的話語和心意，怎不教人驚喜？

這兒早春的訊息，給我的第一個印象，是漢江北岸點綴於黃草枯木間，剛抽細芽的垂柳，枝葉還稀疏柔弱，那點點絲絲的鵝黃嫩綠，在料峭的春風中輕微地搖曳著。如今，已到處都是長條裊娜、柳蔭深濃的美景。昨天去漢城，發現街頭已飄著柳絮，有時滿空飛散，迎面撲來。昌德宮的秘苑裡，一團團大大小小的絮球，在地面隨風滾來滾去，溝渠邊累積著的輕絮，像一堆堆白雪。

霜雪覆蓋侵蝕過的草地，初春依然枯黃，只偶然發現草間一絲新綠，幾天以後，窗前的草坡上，已鑽出幾朵小黃花，不久，綠意便漸漸多起來，我知道：大地在復甦了。幾次去大田、漢城途中，眼看著本來色彩單調的山丘原野，一天天景觀不同，在溫煦的春陽下，暖和的春風中，田埂漸漸綠了，河堤也綠了，山丘也綠了，整個原野都變成一片醉人的綠野。

冬末春初的樹木，除了松柏仍舊蒼翠外，大多只剩下赤裸裸的枯枝，枝間常有鳥巢清楚地顯露出來。楊柳算是最先佔住春光的，其他的樹都跟著慢慢發芽生葉，從漢城到大田，路旁兩排整齊的行道樹，不知是銀杏還是芙蓉，起初只有滿樹密密而上揚的禿枝，接著枝頭綴滿了無數細小嫩綠的苞芽，洋溢著一片清新的春意。幾天後再去大田，只見已千葉披離，綠意盎然，在亮麗的陽光中，舞弄著美麗的翠袖。

宿舍旁的幾株櫻花，初來時無花也無葉，眼看著含苞滿枝，眼看著花開滿樹，眼看著飄零滿地，如今已花落葉生，春的蹤跡，在枝頭透出消息，在枝頭停留，也將在枝頭慢慢消逝。校園裡的迎春花，伸長著手臂，綴滿了一枝枝黃花，彷彿真在迎接春天。杜鵑花小巧可愛，紫的紫得宜人，還有深黃的挺別緻。乘火車去全州途中，曾見山野間的桃紅李白。最教人興奮的，是在江陵的烏竹軒、漢城的景福宮中，看到豔壓群芳的富貴花——盛開著的牡丹，還有芍藥，大朵大朵的，滿園都是，粉紅、水紅、深紫、淺紫、乳黃、雪白，姿容顏色，濃豔高雅，一如絕代佳麗，美得動人心魄。

早晨與黃昏，常有成群的喜鵲繞樹而鳴，出門便聞鵲聲報喜，一天的心情都因而充滿悅樂，牠們偶來窗前草坡追逐啄食，跳躍時的輕靈和長尾的翹動，那姿勢真優美！不知名的鳥兒，常從松林傳來悅耳的幽鳴聲。靜謐的夜晚，可聽到陣陣杜鵑的啼喚。在漢城南山，終於看到了北來的燕子，可曾為我帶來南國的消息？這一春新鮮的生活，將留給我一段美好記憶，更喚起我童年的回憶——遙遠、遙遠的。

七十一年五月二十日・《聯合副刊》

江陵行

常嚮往李太白那種「五嶽尋仙不辭遠，一生好入名山遊」的豪興，也常以「讀盡人間好書，遊遍天下好山水」為畢生志趣。來韓一個多月，已先後暢遊過雞龍山、俗離山、雪嶽山，參訪過許多八百年以上的古寺名剎，憑弔過不少新羅、百濟時代留下的廢墟遺蹟。五月初的江陵之行，飽覽東北的湖山勝景，雄壯秀媚，兼而有之，幾處古寺遺蹟，頗引人發幽幽思古之情。

那天從漢城鐘路搭地下鐵，轉乘汽車，沿漢江西行，出市郊約一小時車程，有大水庫，附近春光明媚，水色柔碧，山形俊秀，草木清潤，在亮麗的陽光下，盈眸盡是翡翠琉璃，美得醉人！

車行沿山勢而上，過寒溪嶺，至雪嶽樓附近的金剛山，山巖峭立，如鬼斧神工，令人歎為觀止！山谷溪澗中，還有少許積冰未消，而草木也枝椏瘦禿，與平地景觀迥異。穿過雪嶽山下寬敞的公園，花木甚美，令人流連！從飛龍橋乘空中纜車，到山頂的權金城，隔窗俯瞰雪嶽雄姿，但見銳崖聳峙，奇峰突起，鬼面岩如劍削斧劈，七兄弟峰如玉琢金雕，景象雄偉壯觀，教人驚歎造化之神奇！下纜車後，再沿山巖攀登絕頂，四望蒼茫遠山，頗有「一覽眾山小」的氣概！披襟當風，又興「振衣千仞岡」的壯懷！

次日車經襄陽，轉往江陵，地名竟與我國大陸的雷同，令人想起杜甫、李白的詩句。至造山里，參觀東溟書院奉安式，此地舊稱柴桑，與陶淵明故里名同，當受淵明影響而來。此書院為李朝時代大儒趙仁壁襄烈公所創，今韓人在此遺址重建，韓國成均館館長、儒道會會長、文教部長官、當地行政首長、趙氏、李氏宗人及地方士紳、來賓等數百人參與盛會。奉安儀式全依古禮進行，繁複而隆重。院內正中有忠賢祠，奉祀這位堅守不事二君之節的忠臣賢儒。李朝時代重視儒教，迄今不衰，這是我中華文化之光。

參訪兩座古剎：神興寺與洛山寺。這天正逢佛誕節，神興寺內張掛無數燈籠，善男信女絡繹於途。洛山寺為八百年前古寺，寺內有巨型梵鐘，堪與我國寒山寺鐘比美。過鏡浦臺，臺前有一片廣大的湖，湖水近海，鷗鳥翔集，湖面波平如鏡，湖心有寒松亭，湖畔有柳堤，光景頗似我國的西湖。據說月夜景色最美，前人詩中描寫：天上有月，海上有月，湖上有月，你心中有月，我心中也有月，不僅月照大千，千水有月，更且無所不在，真是一個玲瓏剔透的世界！

至烏竹軒、文成祠，瞻仰韓國母儀典範申師任堂及其子一代大儒李珥栗谷先生畫像。庭前牡丹盛開，豔麗絕倫；軒旁有烏竹百竿，臨風瀟灑。栗谷紀念館內所藏李氏遺墨、遺著甚多，師任堂書畫精品，無論行草花鳥，都用筆細膩，極富神韻；如此才德兼備，不愧為人人敬仰的偉大女性。

離江陵歸來，或蜿蜒於海岸，或盤旋於群山雲霧中，一履平地，便迎著夕陽，奔回儒城。

七十一年六月七日・《聯合副刊》

漢城訪古

韓國首都漢城特別市，有八百萬人口，二十層到四五十層的高樓大廈林立，尤其在明洞一帶，更見繁華，可說是一個十足的現代化大都市。但因漢城曾是朝鮮時代五百多年的古都，留下許多古蹟和當時帝王的宮殿，在灰暗的圍牆裡，濃密的林蔭間，自成一片寧靜的天地，供人遊覽憑弔，與附近的高樓形成古今強烈的對比。

應世旭兄之邀，在外國語大學演講之後，由湘陽兄、鍾吾弟陪同，去南山塔俯瞰漢城全景。這是一座東洋最高的塔，海拔四百七十九點七公尺，高聳入雲。在頂端圓形的塔室內，透過四周的玻璃窗，可以清晰地看到一衣帶水的漢江、橫臥江上的十座大橋，及分佈山城各處鱗次櫛比的高樓，但南山附近仍有大片紅頂的平房，那是自古文人聚居的平民區。夕陽餘暉中，遠山近樹，漸次蒼茫，整個漢城市被籠罩在一片氤氳的煙塵裡。

市內有五座有名的古宮，我參觀了其中的四座。最先去的是最小卻最精緻的德壽宮。從大漢門進入，右前方是世宗大王的一尊坐姿銅像，手上托著一本線裝書。他是韓國人最崇敬的帝王，曾創制訓民正音，就是現在的韓國拼音文字，是一位博學多能的皇帝。踏入中和門，一座巍峨的中和殿便映入眼簾，殿貌莊嚴，很像北平故宮的正殿。廷前左右各立石樁十餘支，上刻正一品、從二品等官秩，當是文武官員上朝時站立的位置。循石陛而上，歷兩層台基，即達殿門，殿內寬敞，正中有高起的帝王坐榻，可想見當時威儀。另有德弘殿、咸寧殿等幾座較小的殿堂，殿後有靜觀軒，是義大利式建築，可欣賞牡丹園勝景。

次遊景福宮，宮內有敬天寺十層石塔，乃受我國元朝影響所建。勤政殿是帝王行大禮的正殿，思政殿則是政事便殿，都建於十四世紀末。千秋殿是君臣討論學問處，另有萬春殿已全毀。修政殿原名集賢殿，是世宗與學士探究文字的地方，等於皇家圖書館。建於池水中央的慶會樓，是接待外賓宴會的場所。另有香遠亭，掩映於綠蔭碧波中，與附近的醉香橋，同是帝王散步休憩的地方，的確幽靜可愛。

最大的昌德宮有十三萬坪，宮內有四十一棟大小殿堂，正殿稱仁政殿，玉座裝飾華麗，寶蓋天井上的金色鳳凰尤美。內殿居室、書齋的床榻、屏風都極精緻。御車庫陳列一九〇九年英國造、高宗和純宗御用的古老汽車，法國造的馬車，還有輦及軺軒等古代交通工具。芙蓉亭、映花堂等處，水木清華，幽靜無比。秘苑為昌德宮的後苑，最愛長樂門內及士大夫舍廊的一些楹聯，如「秦城樓閣煙花裡，漢帝山河錦繡中。」「半窗疎影梅花月，一榻清風柏子香。」原來是中國使臣留下的傑作。有樹齡四百年的梅樹，已結梅子，古雅可愛；另有七百年的香木，形如游龍。

尋訪古宮，緬想低迴之餘，又去逛仁壽洞的古董十字路，縱橫相交的兩條街，全是賣古董、書畫、陶瓷的商店，散發著濃濃的古舊文化氣息。聽說東大門附近有古書肆，可廉價買到好版本的古書，下次勢將再作漢城訪古之行。

七十一年六月二十二日・《聯合副刊》

遊民俗村

五月最後一個星期天，我由兩個學生陪同，從大田乘火車北上，到水原車站，與自漢城南下的榮在父子、完貞母女會合，一行八人，同遊韓國民俗村。這天豔陽高照，天氣炎熱，村外廣場停滿了大小汽車百餘輛，但村內面積很廣，人雖多而不擁擠。

正門一派質樸氣息，重茅覆蓋的頂，木柱木門，式樣古老而有味。全村建築在一個山麓的平地，中有溪流石橋、草澤泥路，完全是一幅自然景象。竹籬茅舍的農家，原型農舍內展示南北各地農村生活的面貌，從鋤犂、杵臼、舂碓等農具和生活用具，可以想見他們簡單樸素的生活狀況。屋簷下一串串暗紅的乾辣椒，倉庫裡一堆堆積薪和乾草，草堂中簡陋的紡紗機和織布機，都是鄉野農民生活的憑藉。

漢藥房懸著「神農遺業」的木匾，各種草藥和瓶罐裡的膏丹丸散，是鄉民保健的依據，有漢醫常駐，遊客如有病痛，可隨時就診服藥。占卜處一個老太太盤膝而坐，正在為一位妙齡女郎相命，預卜她的終身和前程。銅匠在打造各種銅器，筷子、碟子、盒子、煙灰缸等，一一標價出售。鐵匠在拉著風箱，把熔爐中燒紅的鐵，以鐵鎚猛力鎚打，火花四濺，再浸入冷水中淬鍊，菜刀、鐮刀、馬蹄鐵等，就這樣成形。

編竹器、編草鞋的人，引來大群好奇的觀眾，看他們熟練的手藝，很快就編成一個斗笠、一雙草鞋。摩登女士身著洋裝，腳穿絲襪，頭上卻帶著新買的笠帽遮陽，足下居然是一雙稻草鞋，雖然很不調和，卻說明了現代人有時也懷古戀舊、想「歸真返璞」的心情。另外還有人工製造楮紙，親睹從原料到成品的過程後，我買了三張做紀念。大水車在徐徐轉動，耳邊那嘩啦的水聲，似響自歷史的遠方。

在一個圓形的歌舞表演場，看了一會兒假面舞和鼓舞，人物扮相，突梯滑稽，沒有對白，沒有唱詞，像一幕幕啞劇，全靠動作表意；傳統的農樂演奏，笙鼓齊鳴，是農民秋收後的娛樂。走在路上，忽聽前邊鼓樂聲喧，原來是民間迎親的一隊人馬，新娘羞澀地坐在轎子裡，新郎倌身穿古裝，喜氣洋洋地騎在馬上，顧盼自得地跟在花轎後頭，然後是一挑挑的嫁粧。我們駐足而觀，彷彿置身時光隧道，回到古代社會，而不知今世何世。

有幾處磚牆瓦屋，深宅大院，一是表現古代富貴人家的居住環境，客堂、書齋、臥室、廚房、甬道、迴廊，種種設施，都比平民高尚，有蠟像顯示女子紡績、教師課讀及擣衣等情景，無不栩栩如生。一是表現舊日衙門的實況，聽事堂上陳列著各式刑具，廳後牢房裡關著幾個蓬首垢面的囚犯，地面散滿了遊客丟的銅錢，女犯牢裡特別多。一是展示書院的規模，「研經書院」內，分設博約堂、輔仁堂、求是齋等，名稱都取自中國古籍，室中有蠟像作講授或吟哦狀，几案上是殘破的線裝古書。

品嘗過幾種地方小吃，也試騎過濟州島產的小馬，才結束半天的漫遊，踏著夕陽歸去。

七十一年七月四日・《聯合副刊》

旅韓百日

從今年四月五日離臺，到七月十六日回國，旅居韓國恰好一百天。在那兒度過一個美麗的春天、半個清閒的夏季，遊賞了不少北國山水，結識了許多異邦朋友，對他們的社會人情和教育文化，也有一些粗淺的見聞與了解，趁歸國後記憶猶新，想寫出印象最深的幾件事，好在人生的雪泥上留下幾點鴻爪的痕跡。

我所執教的國立忠南大學，設在忠清南道大田市郊的儒城，是韓國中部最大的一所綜合大學，內分文、法、理、工、商、農、醫等七個專科大學（我國稱學院），另有十多個學科的大學院（我國稱研究所），學生共一萬二千餘人，佔地近百萬坪，景象開闊，校舍宏偉，各學院自成格局，以不同的建築型式，分布在廣大而平緩的山林丘壑間。校區內到處有草坪花樹，環境寧靜而優美。我所住的外國教授公寓，四圍都是青丘松林，夜晚在草蟲聲中進入夢鄉，清晨被布穀的啼聲喚醒，迎著亮麗的朝陽，在空氣清新的校園裡散步，看繁櫻滿樹，聽鳥語啁啾，好喜歡這身在山林的自在生活！

一般來說，韓國的社會風氣是純樸的、比較保守的，青少年尊敬長輩，不敢失禮，中老年人無論男女，都喜歡穿他們傳統的韓服，在街頭與穿現代洋裝的青年男女相映成趣。中年婦女的頂上工夫真好！無論多大多重的物件，一概頂在頭上，不需兩手扶持。老年人常成群遊覽名勝，拄著拐杖，邊走邊唱，或圍在草地上跳舞，頗能自得其樂。全國到處都有茶坊，或稱茶室，供應咖啡、果汁、人參茶等飲料，有電視或音樂欣賞，是人們休憩、約會、談話的場所，也可以和美麗大方的茶坊小姐聊聊天。

對一個外國人來說，在韓國生活，最大的不便，一是飲食，一是語言。一般韓國人日常吃得很簡單，正餐幾碟辣辣的泡菜就可以打發，菜的油水極少，不像國人大盤大碗、大魚大肉那麼享受，初去真不習慣，後來才慢慢適應。他們的語言很複雜，有據漢字發音的，保存不少中國古音，有來自英、日等國的外來語，也有他們本土的語音，常因立場或對象不同，語言也有所不同，常用語中有平語和敬語之別，且語尾助詞變化特多。學幾句韓國話是必要的，遇到知識份子，可用漢字筆談，或以英語交談。

韓國政府很重視教育，九個道各設有一所國立大學，公私立大學約有四五十所，有些規模相當龐大，像嶺南大學校地達兩百萬坪，延世、梨花等大學更有百年左右的歷史，他們認為教育是國家大計，設有教育開發委員會，由各界專家參與，以共同從事研究發展與規劃。

政府也極重視文化，稱古蹟文物為「文化財」，分為國寶、寶物等等級，統一編號，設有文化財管理局，統籌管理，另有文化財研究所，為學術研究及鑑定機構，很多都值得我們這文化古國從事文化建設時作為借鏡。

七十一年八月二十日・《聯合副刊》

翡翠珊瑚

詩人節的前一天，一群新舊詩人攜眷分批南下，到文化古都臺南，辦一場「詩的饗宴」，當夜住烏山頭水庫中的林間小屋，入林前先繞湖一遊，大夥兒齊集船頭，好欣賞四面的水光山色。

只見山融攝水，水環抱山，在廣達六千公頃的湖面上，處處有清秀碧綠的島嶼出沒其間，有時兩山夾峙，水道狹隘，但出峽又是一片廣闊的湖面，真是湖中有湖，山外有山，這樣的湖山勝景，寧靜自然，曲折而多變化，實在美不勝收！據說這水庫由三十多條支流匯合而成，從高空俯瞰，酷似一支翡翠珊瑚，故又有「珊瑚潭」的美名。

我們彷彿武陵漁人，闖入桃花源，但覺「初極狹，纔通船」，繼而「彷彿若有光」，終於「豁然開朗」，另是一片洞天福地。綠島上的修竹，長年沾受水的清潤，看來特別瀟灑秀媚。有人主張林中該養些猴子，或許會更有生氣。莊喆說：如果林間點綴些桃花，岸邊種植些楊柳，景色將會更美，這是畫家的眼光。經過一處懸崖，土石微紅，瘂弦稱之為「小赤壁」，這是詩人的觀感。

天空雲層越來越濃厚，越來越灰暗，湖面一片迷濛，開始是雨絲斜飄，接著雨勢便滂沱起來，大夥兒湧進船艙，只見窗外白茫茫一片，山影虛無縹緲，依稀隱約間，倒別有一番朦朧之美，雨打船篷，更平添一份詩意。一瓶茅台，幾包花生，一大堆來時路旁買到的好甜好甜的芒果，樂得辛鬱直唱小調，韻味十足。

大雨中登上湖心一島，別墅中良宵清淡，又是一番樂趣。雨後氣溫涼爽宜人，享受了一夜清眠。次日凌晨，陽光篩落林間，小樹葉尖下綴著串串雨珠，晶瑩閃爍。小草格外蒼潤，林風特別輕柔，令人心胸舒爽！

離島上岸前，晨曦中再環湖一周，山景樹色，波光潭影，雨後更清麗如畫，與昨日黃昏的蒼茫雨景相比，展現出另一番晴光瀲灩的嫵媚。昨天看得不足，今晨可飽覽秀色，蜿蜒深曲的湖山，像一首意境婉妙的詩，確有山窮水盡、柳暗花明的趣味。

新詩人們先乘車離去，趕往文化中心座談「詩思與詩情」，第二輛車遲遲不來，我們卻意外地獲得一次乘快艇瀏覽湖景的經驗。敞篷的小艇，快速地滑過水面，如離弦的箭、脫韁的馬，兩旁飛起無數水花，艇後更是白浪滾滾，成魚尾狀散開，畫面十分壯觀。這回「文學出外景」活動，三度穿梭於翡翠珊瑚的靈山秀水間，大家已留下深深難忘的美好記憶。

七十五年七月十一日·《聯合副刊》

巴陵夜月

三月中旬一個周末的午後，天空滿布厚厚的雲層，冷風一陣陣襲來，間或飄下稀疏的雨點，透著幾許料峭的春寒。

我提著簡單的行囊，匆匆趕到辛亥路國際青年活動中心，與司馬中原、鄭明娳會晤，不久，沈謙也趕到。遊覽車上，已坐滿了來自各地的青年學子，大家正興奮地等待出發，前往北橫公路，作一趟春季「文學之旅」。

車經高速公路，先在桃園團委會略事休息，然後取道大溪，直駛北橫公路。從慈湖林木的蔥翠，山水的靈秀，便漸覺一股自然天地之美，直撲眉睫，映入眼眸，沁入心田。

不知何時，車已盤旋在高山深谷、斷崖絕壁間，俯瞰窗外幽壑中一曲湛藍的清流，環繞著突兀的峭巖，巖上草木蒼蒼，巖壁巉削千仞，景象之壯偉，景觀之雄奇，令人驚歎造物的神工，真是不可思議！

一陣陣或濃或淡的雲霧，開始在山間瀰漫，為峰巒罩上神秘的面紗，為森林撒下朦朧的網，於是，山色浮盪在虛無縹緲中，樹影出沒在迷離氤氳裡，若有若無，若隱若現，好似摩詰詩中的莽莽雲山，也像大千筆下的青綠潑墨。

當雲消霧散，山景逐漸明晰起來，從山巔射下的陽光，穿透雲層，映照春山，顯出另一番清朗境界，而車在蜿蜒曲折的山路上繞行，路在險峻峭刻的山崖間迂迴，眼前景象不時變換鏡頭，令人目不暇接。

經過一個大水庫後不久，巴陵已遙遙在望，再過隧道和鐵橋，便到達了群山環抱的一片谷地——巴陵山莊。這時已近黃昏，山色逐漸蒼茫，大夥兒魚貫下車，將行囊安頓，舒活一下筋骨，覺得高山的空氣真好，這麼清淨，也這麼幽靜，恍如隔絕塵世。

晚餐後的燭光晚會——相見歡，四個組的同學，各自表演節目，帶來陣陣歡笑，指導老師也不例外，司馬唱了幾首雄壯的抗戰歌曲，引發我濃濃的鄉愁，唱出一首也是戰時流行的、詞曲婉美的「懷鄉曲」。燭光搖曳，在一片祝福聲中，晚會進入尾聲。

各人手持殘燭，在微微的燭光中，圍坐在寢室地板上，進行分組座談。我帶的是古典文學組，這群純潔可愛的青年朋友，除了問些文學問題外，竟也關懷國事，關心新舊文化傳承問題，一反大專學生對這方面普遍的冷漠態度，真是可喜之至！於是我為他們剖析現勢，探討問題的幾個層面，他們不但聽得入神，也迭有反應。我總是勸他們，趁年輕時代多讀些書，多作冷靜的思考，以培養獨立判斷的能力，為自己及自己的國家「自求多福」。

屋外月光溶溶，正好遇上月圓之夜。山間的月色，似乎分外皎潔，大家不願辜負這樣皓月當空的良夜，這樣美好的時光，於是結夥往拉拉山區作月下漫步，踏著一山清朗的月色，涼風迎面輕輕拂來，心胸感到無比舒爽。在幽靜的山路上，陪著年輕人說說笑笑，倒讓我也拾回了逝去的青春。

踏月歸來，已是夜深時分，大家聚集在屋前的臺階上聊天。不知從幾時開始，大夥凝神屏息、興致勃勃地諦聽司馬講鬼故事，他生活經驗豐富，是天生的小說家，鬼故事一個一個說不完，據說全不是蓋的，而是親身經歷的真實故事。他又善於繪聲繪影，聽得人瞠目咋舌，有時膽小的同學，害怕得掩面遮目，或失聲驚呼，其精彩動人，可以想見。直到夜半兩點，大家才帶著意猶未盡的心情各自入睡。

第二天是個大好的晴天，陽光特別亮麗，照得坡前盛開的紅杜鵑幾乎燃燒起來。早晨山間的空氣特別清新宜人，點綴在草葉上的露珠，晶瑩可愛。望著山澗對岸無語的高峰，不知承受了多少雨雪風霜，也不知閱盡了多少人世滄桑！

早餐後，結隊去巴陵橋下健行，山溪清淺碧綠，微風起處，波光粼粼，雙腳踏在溪谷的沙石間，感覺像踏在原始大地的肌膚上，除了溪上高懸的那座紅色鋼架大橋，和延伸於大橋兩端的瀝青馬路外，這裡看不到文明的痕跡，而山水樹石，都如此自然可愛，美好可親。

歸程中，見懸崖壁立，老樹堅挺，景象十分壯觀。一群烏鴉盤旋在巖谷間，發出聲聲聒噪，時而高飛翱翔，時而低掠輕滑。不知牠們聒噪些什麼？是歡迎我們這群陌生的訪客？還是揶揄我們這些塵世的人類？

乘車離開巴陵山莊，歸途順道往小烏來遊覽，步行途中，已遙見一道瀑布，倒掛山壁，有觀瀑亭正對著瀑布，可以盡情觀賞。繞路走到一處涼亭，忽然陰雲密集，濃霧四合，帶來一陣冷風驟雨。大夥兒群集亭中避雨，走在前頭的幾位卻已失散，好久好久，雨勢才漸漸小些，只得回到車中等人，沒想到一場風雨，掃盡了大家的遊興。

陰雨中踏上歸途，夜色中回到臺北，冷颼颼的風雨，飄灑滿身，傘都幾乎擋不住，好久才攔到一輛計程車，還得趕一場夜宴，又開始投入都市生活的漩渦。

至今回憶起來，巴陵山莊的月圓之夜，和那一夜清朗的月色，真是令人難忘的一個良宵，那些年輕朋友一張張可愛的面孔，一聲聲純真的笑語，都留下深深的印象。我尤其喜歡「巴陵」這地名，記得〈岳陽樓記〉中有「巴陵勝狀，在洞庭一湖」的句子，那裡離故鄉已不遠，怎不教人感到分外親切呢？

陽明山聽蟬

端午節那天清晨，忽然心血來潮，與妻一同驅車上陽明山。都市住久了，真想到郊外呼吸點新鮮空氣，享受一份寧靜舒爽，聽聽山野的鳥語蟬鳴。

在通往金山的方向，新闢的「杜鵑茶花園」，空間寬敞，林木茂盛，有長廊亭台，有曲徑通幽，可以登臨眺望，可以四處盤桓，實在是遊憩散步的好地方。園中遍植不同品種的杜鵑和茶花，若是春天來時，可想見這裡定是一片燦爛，一片芬芳。

這天天氣真好！滿空厚厚的雲層，沒有熾熱的陽光，山風陣陣吹拂，滿懷涼爽舒暢，和妻漫步在林蔭小徑上，步履分外輕鬆自在，林間不時有悅耳的鳥聲傳來，偶然可見枝頭還殘留著幾朵遲謝的杜鵑，在那兒點綴春末夏初的光景，彷彿透露幾許春去後的寂寞。

幾天以後，又帶孩子們來這兒共度一個靜靜的黃昏。坐在「觀賞亭」裡，舉目四望，視界十分遼闊：左側是近在眼前的紗帽山，林木蒼鬱蔥蘢；右邊是高峻的七星山和大屯山，山勢雄偉豪壯；遠處淡水河蜿蜒如帶，觀音安然地仰臥大地，氣象是那樣莊嚴靜穆！

四山叢林間響起一片蟬聲，遠遠近近，此起彼落，時而悠悠長鳴，時而節奏輕快，聲韻高低緩急之間，富於多種變化，極具抑揚頓挫之美，真像一曲山林交響樂。這大自然的樂章，是如此宏亮清越，起伏多致，與細碎的鳥聲相間相和，旋律輕盈巧妙，如一串銀鈴般動聽，我們不禁陶醉在這優美的天籟中，幾乎忘卻歸去，一直流連到暮色四合、星光閃爍、燈影迷離的時候，我們才相偕賦歸。一路上，耳邊還縈繞著一片悠悠的蟬聲。

生活哲思

花中的君子

中國人最重德行，認為它不但是一種內涵的善，而且是一種精神的美，恆久的美！不只對人如此，對花木的看法也如此。論語中的孔子言論，無非是勉勵弟子作德行上的涵養陶鑄。因此，孔子對松柏的讚美是：「歲寒，然後知松柏之後凋也！」他所欣賞的是松柏堅貞的性格，好比君子忠貞不移、堅毅不拔的節操。

也許是受到孔子教化的薰陶，中國文化的精神，不偏於知識而重在德行，因而自然界的花木，在古人心目中，常是有品德、有性格的靈物，不論在思想家、文學家或藝術家的筆下，莫不如此。他們喜愛高尚的品格，欣賞出塵的風姿，於是詩人樂於歌詠的，畫家常常描摹的，是松竹梅歲寒三友，或梅蘭竹菊四君子。

北宋理學大家周敦頤濂溪先生，學問高深，人品高潔，故胸襟灑落，如光風霽月。他有一篇膾炙人口的〈愛蓮說〉，非但毫無道學氣息，而且真算得上是篇灑脫可愛的小品。文中藉蓮的種種特性，來象徵君子的美德，表現出作者所懷抱的道德理想。

〈愛蓮說〉雖是一篇短文，寫作的方法和技巧卻極精到，一開始便用濃縮法和陪襯法來顯現主題：「水陸草木之花，可愛者甚蕃。晉陶淵明愛菊。自李唐來，世人盛愛牡丹。予獨愛蓮。」首先二句包括的範圍廣泛，然後濃縮到兩種各具特性的菊和牡丹，並以此為陪襯，顯出自己獨特的愛好是蓮。

其次，寫出蓮的可貴特質，也道出自己愛蓮的原因是她「出淤泥而不染，濯清漣而不妖；中通外直，不蔓不枝；香遠益清，亭亭淨植，可遠觀而不可褻玩焉」，句句象徵君子的德行：不受骯髒環境的污染，不因浴身清波而妖媚，中心通暢無礙，外形挺直不屈，馨香清遠飄逸，聳然純淨而立，只宜遠遠地欣賞，不可狎褻玩弄，描繪出可敬可愛的君子風範。

結尾再藉菊和牡丹的襯托，點出蓮是花中的君子，而菊是花中的隱逸者，牡丹是花中的富貴者，真是非常貼切的比喻。經過作者的一番形容，「純淨不染」遂成為蓮的主要特色，所以白居易〈題義公禪房〉詩說：「看取蓮花淨，方知不染心。」佛家常用來象徵不染塵埃的清淨心，尤其是白蓮，寺廟建築的裝飾常用蓮花圖形，菩薩常坐在蓮座上，淨土宗別名「蓮宗」，而西方極樂世界被稱為「蓮邦」。

最後作者寄託的感慨：「菊之愛，陶後鮮有聞；蓮之愛，同予者何人？牡丹之愛，宜乎眾矣！」被鍾嶸稱為「古今隱逸詩人之宗」的田園詩人陶淵明，在〈飲酒〉詩中說「秋菊有佳色」，出語一如菊的自然平淡，而「採菊東籬下，悠然見南山」二句，尤其膾炙人口，寫出東坡所謂「境與意會」的高妙詩境，菊的高致與詩人的遠韻相印，所以傳誦千古。其實菊性恬淡清遠，正如淵明的習性和品格，可說是花中的隱君子。而世人多慕富貴，所以豔麗奪目、具有富貴氣象的牡丹，廣得世俗的愛好；有幾人能真愛脫俗出塵、冰清玉潔的蓮花呢？

七十三年九月九日・《國語日報》

荷花世界

每年盛夏或初秋，我總喜歡去植物園的荷塘邊盤桓，欣賞那一片清涼的荷花世界。每次到國家畫廊看畫展，總喜歡臨窗眺望那滿塘翠綠的荷葉間、點綴著一朵朵清麗秀逸的出水芙蓉。

夏日午後的植物園，綠蔭下清風徐來，令人襟懷舒爽，暑氣盡消，難怪好多人常來這兒納涼。信步走過穿越荷池的徑道，白色花架上攀生著一串串紫藤，襯著蔚藍的天空，構成一幅清新而鮮明的畫面。徑道兩旁都是綠意盎然的田田荷葉，一片片亭亭玉立，迎風飄舉，而葉間朵朵粉紅、淡紫的荷花，或含苞，或盛開，莫不風姿綽約，明淨出塵，有如凌波仙子，這光景，教人想起周美成的詠荷名句：「水面清圓，一一風荷舉。」

想把這一池頻頻吹送涼風的翠葉，可以銷除酒意的玉容，尤其那嫣然搖動的美姿，可以飛上詩句的冷香，都一一攝入鏡頭，是多麼不自量力的事啊！我只能捕捉她們局部的美，看來還不如裝進記憶的匣子裡，更能保存長久、且留下完美的印象。

幾個大人和小孩在池畔寫生，用彩筆描繪他們眼中美麗的荷花世界。只見他們揮灑自如，將一片片綠雲鋪上畫紙，再綴上幾朵嫣紅，襯上一兩個蓮蓬，好生羨慕這幅畫面，人與自然完全相融，初覺人在畫外，其實人在畫中，幾時也做個悠然灑脫的畫家吧！

坐在池旁的草地上遐想：「出淤泥而不染，濯清漣而不妖」，多麼高貴的品質！一如真如本性的清淨，人也該像荷花一般，不受環境的污染，永遠保持心性的純潔。

七十五年三月・刊於《痕與恆》創刊號

和然後利

中國文字的結構，如果留心觀察分析，將會驚異地發現：常常蘊含著民族文化特有的精神，或透露出宇宙人生永恆的哲理。因而不得不令人歎服：古人創造的文字，往往是經過深刻的人生觀照而獲得的智慧結晶。

譬如《易經・乾卦》卦辭：「元亨利貞」中的「利」字，它的本義是刀鋒利、銳利的意思，故右旁從刀，但左邊為什麼從禾呢？「以刀刈禾」固然是順理成章的解釋，但許慎《說文解字》卻解為「從刀、從和省」的省形會意字，又以「和然後利」詮釋其會意的旨趣，這樣的字義才更具深意。原來「禾」是「和」的省文，這「和然後利」四字，便大有學問，大有道理。

試想一把刀用鈍了，如何使它鋒利，而後用得便利呢？當然只有磨刀了。磨刀的時候，刀面必須與磨刀石平行，保持方向一致，關係和諧，在水的滋潤與力量的推動下，刀刃便銳利如新，一切便可迎刃而解，進而無往不利。如果刀口與磨刀石作縱向的衝突抵觸，不但刀刃受挫折，磨刀石也會斷裂，結果必然兩敗俱傷，雙方受害。

雖然孔子只談仁，很少談利；孟子只重義，而看輕利；因為他們怕人們只求功利，而忘卻了愛心的發揮與責任的實踐，但「義者利之和也」，這是古人信服的真理。一部《易經》，便在教人如何趨吉避凶，如何掌握最有利的時空條件，去作最有利的選擇與發展，所以「利見大人」、「利涉大川」、「利有攸往」的話，充斥在各卦的爻辭中，為人們指引光明的方向、有利的途徑。

「和然後利」的話，意味著「和諧方能蒙利」的涵義。地球的公轉，形成了春夏秋冬四季，農民便因而順應時序，從事春耕、夏耘、秋收、冬藏的生產工作，順時耕耘便是和，應時收藏便是利，利從和而來。地球的自轉，造成了晝夜，農民日出而作，日入而息，即使現代上班族又何嘗不然？不但生活得到調劑，而且各自從和諧的工作秩序中，得到應得的酬報。

宇宙便是一大和諧秩序。星球間彼此有吸引力，以維持平衡；又各有自己的軌道，而互不侵犯；因此，星球才能在和諧的秩序中運行不息。人類世界、國家社會的進步繁榮，不也是建立在和諧的世界秩序與社會秩序中嗎？

現代工商業社會，功利主義思想瀰漫人心，只要是利之所在，人們便趨之若鶩。但是，像楊朱般「拔一毛利天下而不為」的絕對自私者，畢竟還是少見；像墨翟般「摩頂放踵，利天下而為之」的徹底奉獻者，也如鳳毛麟角。

平心而論，趨利避害，原是千古人心所向，人性所同，商人所追求的，當然是利潤，只要是合理，便是天經地義。廠商與客戶之間，生產者與消費者之間，經濟利益的調和，是促進經濟繁榮的基石。推而廣之，任何相對利益的互相融和，才是維繫雙方良好而恆久關係的最高準繩。小我與大我之間，民眾與政府之間，相和才能相融，相融才能和衷共濟。

和諧是一種至高的美，也是人際關係與政治事務的無上藝術。中國人最講和諧，做生意講的是「和氣生財」，持家講的是「家和萬事興」，作戰講的是「天時、地利、人和」，如今我們的國家建設，以「福國利民」為鵠的，故能建立「安和樂利」的社會。在傳統文化中，「知行合一」、「心物合一」、乃至「天人合一」，更是中國和諧哲學的精髓。人與人，人與萬物，如能融和無間，則必能在花開果熟、鳶飛魚躍的自然和諧中，締造一個祥和的社會、美好的人間。

七十六年三月二十日・《中央副刊》

將軍與僕人

中國人的足跡遍布全世界，而之所以受世人敬重，是因為發自人性本然的德性之美，即使是一個不識字的平凡人，其仁愛寬厚的道德行為，也常使外國人深受感動，傳為人間佳話。

十九世紀中葉，美國總統林肯，下令解放黑奴，引起南北戰爭，當時一位指揮作戰的將軍，是一個獨身而脾氣壞得出名的人，他家裡的僕人，只要做事出了一點差錯，將軍必定惡言相向，甚至拳腳交加，很多人都受不了他的虐待而走了，最後來了一個山東籍的中國人。

這個老實的中國人，幫將軍做工打雜，看門送信，每一件事情，莫不負責盡職。一次，將軍無故大發脾氣，而且聲色俱厲，這位任勞任怨的中國籍僕人還是百般忍耐，但最後終因受不了他的凌辱，還是離開了。

不久之後，這位烈性子的將軍家裡忽然失火了，火勢愈燒愈大，驚動了附近的鄰居們，遠近的人大都在四周圍觀，也有勇敢熱心的人在忙亂中幫忙救火的，其中最起勁的是一個黃皮膚、黑頭髮的中國人，只見他四處奔跑，運水灌火，忙得滿頭大汗，不顧自己生命的危險，在火窟裡搬運貴重的東西，救出身陷火海的將軍。

等大火熄滅後，將軍驚魂甫定，發覺以前被自己虐待而氣走的中國僕人，竟然不記舊惡，前來救火，便十分驚異地問他說：「以前我罵過你，也打過你，你為什麼還來幫忙救火呢？」

僕人回答：「你家裡遭難，我應該來幫助你，以前的事不算什麼。我們中國人做人，一向是講求忠恕之道，我今天來你家救火，在我們中國人看起來是應該這麼做的。」

這位將軍好奇地追問：「什麼是忠恕之道？」

中國人簡單地解釋：「這是我們中國幾千年前的孔老夫子所講的道理。」

將軍現出詫異的表情稱讚：「你能讀得懂幾千年前孔子的書，真是了不起。」

中國人說：「我並不識字，這個道理是我父親告訴我的。」

將軍接著說：「那你父親應該是個讀書人囉。還是很了不起。」

中國人便詳加解說：「我父親也不識字，是我祖父告訴他的。我祖父也不識字，我家世世代代都是種田的，都沒讀過書，大概是曾祖父告訴祖父，祖父告訴父親，父親又告訴我，這樣一代一代相傳，總要訓勉子弟：做人之道以忠恕為主。我從前在你家做過事，所以一聽說你家遭遇災難就立刻趕來幫助你。」

這位將軍既感驚喜，又十分安慰，於是便留他繼續工作，這位忠厚的僕人便與孤獨的主人相依相守，共同度過他們的餘年。

有一天，這位僕人害了重病，臨終時對將軍說：「我只有一個人，沒家沒眷，多年以來，吃的穿的住的都是你所供給的，你給我的工錢，我都存了下來，現在我快死了，這筆錢全部退還給你。」

僕人死後，將軍暗自思慮：中國會有這樣的人，真是了不起。於是就把僕人的遺款加上自己平生的產業，悉數捐贈給哥倫比亞大學，請求學校設立一個講座，專門研究中國文化，發掘中國文化的價值，並紀念這位了不起的中國人。這個講座一直延續到今天，名稱是「丁龍講座」，丁龍就是當年那位山東籍僕人的姓名。

這故事說明了中國人做人的傳統，即中國文化講求落實於行為實踐的儒家精神，故中國文化的真精神，不是在舊紙堆中，而應在做人的行為上。

七十九年六月・《國文天地》六十一期

八十一年八月一日・《講義雜誌》六十五期轉載

城牆的懷想

時代進步之神速，何止「百年銳於千載」？由社會變遷之鉅，可以清楚地看出：新的事物層出不窮，令人目不暇給，從前幾千年不曾變動的舊事物，一彈指便趨於沒落，消失於人們的記憶中，而淪為歷史的陳跡，徒然讓人憑弔感喟不已！城牆便是一個鮮明的例子。

現代青年沒見過城牆的模樣，跟他們講《詩經》：「靜女其姝，俟我于城隅。」那三千年前青年男女的約會走廊，固然十分陌生；至於唐詩中劉禹錫的詩句：「淮水東邊舊時月，夜深還過女牆來。」甚麼是「女牆」？當然更無從想像！只有從一些圖片或影片上，得到幾許粗淺的印象，但畢竟不如身歷那麼親切！最近郵局發行了一套以國劇「古城會」為主題的新郵，倒勾起我對城牆深切的懷想。

我誕生於龍蟠虎踞的金陵城，抗戰初起，隨父母漂泊到湘西邊陲的芷江——戰後的受降城，勝利後又回南京讀小學。因此，在大陸時的少年生活裡，給我印象最深的是芷江和南京的城牆。

抗戰末期，我家住在芷江的「東城牆腳」（沿城邊的街名），出門便是一堵高牆，常與玩伴登城遊戲，可惜城上的石塊，多被人搬去建屋奠基，日久乃殘破坍毀，命運堪憐！南京還有數百年歷史的石頭城，形勢堅固完好，氣魄雄偉壯觀，城上還有無數的碉堡和垛口，常在這兒眺望流連，好像也曾領略過一絲登臨的感慨，雖然是如許輕微！

臺灣還保存若干古城的遺跡，在臺北市區，只殘留著幾座城門，牆垣則早已無影無蹤。曾登覽屏東的恆春城，磚石斑剝陸離，教人發思古之幽情！臺南市郊有座「億載金城」，是當年專為抗禦外夷入侵而建的，面對城門上沈葆楨手題的字跡，仍透露出蒼勁的筆力，而城頭蔓草叢生，荒蕪冷落，幾座生滿銅鏽的古砲埋沒其間，這光景令人低徊不已！想來當時號稱「億載」、固若「金」湯的一座城池，曾幾何時，便已淪為無人顧惜的廢墟，是歲月無情呢？還是人世滄桑？假如鮑照生當此時，他的〈蕪城賦〉不知該如何下筆？

數千年的傳統戰爭，只需建一匝土石高厚的城牆，便能抵擋敵寇的刀兵。整個華夏民族，為了防止北方夷狄的南侵，秦始皇時連成的長城，迤邐於高山峻嶺間，橫亙北中國，綿延數千里，而成為人類史上浩大的工程，連衛星照片的地球都看得見它的影子，不能不令人歎為觀止！但如今也完全失去實用的防禦價值，竟成為中共向外賓炫耀的歷史光榮。

有形的城牆，都已被時代所淘汰，戰爭型態早已演為立體，變為無形，人類要築怎樣的

「城牆」，才能防禦未來戰爭的傷害呢？而現代社會中，人與人之間，彷彿還有一道無形的牆，這些有形無形的城牆，都該在人類的土地上和心靈中消失，讓我們多建些管道和橋樑，以情愛相交感，消弭一切戰爭與猜忌，使人間處處開放博愛之花、結成和平之果，人能締造這樣美好的世界嗎？

七十一年三月二十日・《聯合副刊》

水滴石穿

回憶抗戰末期，父親在湘西芷江一個空軍機關服務，全家住在東城牆腳的一處四合院式的木造平房，在這裡度過我的童年歲月，不少兒時往事，至今記憶猶深。

那時我正在讀小學，一個下雨的星期天，我在隔壁一位夏伯伯家聽他講故事，他講完幾個好聽的故事以後，牽著我的小手，走到屋簷下，指著簷下一塊石頭上深陷的小洞說：「你看！石頭這麼堅硬，雨水一滴一滴，力量雖然很微小，但不停地滴在同一個地方，可以滴穿石頭，我們是不是應該學習小雨點呢？」當時我若有所悟地點點頭，這印象一直長留在我心頭。

因為天性喜歡書，小學時被選為小小圖書館館長，如魚得水地讀了不少童話故事書，因而作文自然寫得很有內容，各科成績也十分傑出，年年被選為級長，級任老師婁采蘩很喜歡我，常給我精神的鼓勵。在用功讀書的過程中，常使我想起小雨點。

彷彿冥冥中有一股力量，一個信念，督促我從書中找尋生活的天地，從書中開拓人生的理想。抱著對書的鍾愛，伴我度過初中、高中時代，廣讀中西文學作品，有了一些文學基礎，很自然的選擇師大國文系，以文學為終身志趣發展的方向。

大學時代，由講授詩學且精通禪學的巴壺天老師推介，認識了極力推動青年學佛的周宣德居士，從此與他所創辦的《慧炬》結緣，也與佛學結緣，一部部佛教經論，很自然地進入我的閱讀領域，而增長了不少佛慧。

讀儒家書，《荀子・勸學篇》第一句話便說：「君子曰：學不可以已。」真是發人深省！而後文一句「真積力久則入」，正好與小時「水滴石穿」的認知相印，不覺心中暗喜。學問之道，的確是「不積跬步，無以至千里；不積小流，無以成江海。」於是我更奮發自強，堅持一個終身的信念，來陸續攻讀研究所碩士班與博士班，完成長達二十四年的長程學業。

一直喜歡教書這一行，因為在課堂之上，既可傳播世間真理，啟導青年的心智，指引他們人生奮鬥的正路，又可講授千古不磨的詩文，讓他們乾涸的心田，得到文學甘露的滋潤。眼看著自己心血灌溉的幼苗成長，是園丁心中最大的快樂和安慰。

儒學與佛學是我平生吸取的生命力泉源，而文學則是我生命成長的滋潤劑。數十年來，我對這三方面書籍的閱讀、鑽研與寫作，都未曾停歇，因為「學不可以已」啊！而這不已的努力，其原動力應來自近半世紀前小雨點的啟發。

八十二年三月五日・《普門雜誌》一六二期

八十二年六月收入佛光出版社《一句偈》(二)

在山泉水清

曾經親歷過這樣的境界：深山疏林中，一泓清泉，泉水清冽，潺潺地流過溪壑，在皓潔冷清的月色下，格外幽靜出塵。這樣的山月清泉，總使我深味著王維「明月松間照，清泉石上流」的優美詩境，和寒山「孤月照寒泉」的清寂禪境。

清明的月色，照耀著大千世界，顯現出朗朗乾坤，天上的月，地上的泉，同是一派清朗純淨。而月孤懸夜空，可望卻不可即，儘管月照寒泉，月印萬川，寒泉中的月，萬川中的月，都不是月，只是月的投影。

當一流清淺，流過詩人、禪家的心靈，定能引發玲瓏的詩思、清澈的禪意。人的心性，本如水清月明，純然朗然，不沾塵埃。「水清魚讀月，山靜鳥談天。」是多麼生趣盎然、活活潑潑的詩境！

清泉是大地分泌的甘露，用來滋潤人間。長途跋涉的旅人，在荒漠中忽見甘泉，其快樂有如「久旱逢甘雨」。一本以散文筆調描述偉人母親故事的小書，題名為「生命的清泉」，正以清泉象徵滋潤小生命的溫馨母愛。

《老殘遊記》裡，劉鶚曾傾力描寫趵突泉的勝蹟，並說濟南城簡直是「家家泉水，戶戶垂楊。」每次讀到這一段，心中不禁嚮往不已！小時候在南京燕子磯畔，曾見過一道寒泉，泉水清洌無比，比臺灣蘇澳的「冷泉」，還要清冷幾倍。

清甘的泉水，可以烹茶，可以釀酒。前些年遊西湖，看到著名的龍井，是山間分泌出的活泉，用井中泉水沏出來的龍井茶，色清綠而味甘美。六一居士〈醉翁亭記〉描寫過：「釀泉為酒，泉甘而酒洌。」當是寫實之筆。

我常想：為什麼在山泉水清，出山便泉水濁？原來清泉一旦出山，流到人間，便不免接受種種污染，於是「淡水河」成為「濁水溪」，到處濁流滾滾，濁浪滔天，人間難見清溪，魚蝦不見蹤影。這些濁流，該用多少明礬才能澄清呢？你我都該做一粒明礬啊！

如果生命像一道泉水，在山清清，出山也該一清若昔，至少心靈間的一股清流，性分中的一泓清泉，當永保其清淨如故。惟有明淨的心境，才能見出性分自足的真我，誰能不染塵垢，保持清淨的本心，誰便是人間真豪傑！

形相美與質性美的融合

——從中國人的審美觀談選美

從前，政府為了倡導勤儉節約，避免奢侈浮華，曾一度舉行過的「中國小姐」選美活動，停止了約二十多年。如今，國內經濟極度繁榮，人民生活水準大幅提昇，外匯存底已接近七百億美元，都市高樓華廈林立，工商業一片鼎盛，民間熱錢游資泛濫，整個社會大大地富裕起來。大家常在嘴邊說的：「時代在變、環境在變、觀念也在變。」繼政治發展的日趨民主開放，許多保守的想法，如今都在突破。選美，就在這股風氣和潮流中復活了。

當恢復選美的消息還在醞釀中，國內反應已十分熱烈，許多民間團體，對主辦選美活動，莫不躍躍欲試，甚至搶先宣告；但也有不少婦女團體反對選美，以為選美是對女性尊嚴的侮辱，是把女性當作商品看待。

儘管有人持反對意見，但潮流總是擋不住的。繼美國環球小姐公司總裁韓契來華勘察場地之後，政府因時勢所趨，乃決定調整政策，允許在健康、正當的原則下，恢復選美活動。

接著韓契再度前來，一九八七年環球小姐賽西莉亞・波露卡訪華，該公司並於十月十九日正式宣布：一九八八年環球小姐選美在中華民國臺北市舉行。於是選美活動的開放終成定局，也掀起了一陣陣熱潮。

選美完全是洋人的玩意兒，過去國內舉辦過四屆選美活動，顯然是學外國的，結果發生了某些偏差，如今既然又要恢復，當然是看在這項活動也有它正面的意義，如政府數十年來努力建設的不凡成就，社會經濟的普遍繁榮，人民的富有、親切與和善，寶島風景的秀麗，中華文化的豐美，在在都可藉此向世人展示，使臺北成為世人注目的焦點，對國家形象具有國際宣傳的效果。

傳統中國是一個文化古老的國家，因為文化古老，人民自然顯得保守持重，不像立國才兩百年的美國那麼活潑天真。中國歷史上雖然沒有類似現在的選美活動，但也曾出現過選美。所不同的是：中國古代的選美是宮廷帝王的專利，選出后妃以供一人享用，如今選美是一種國際性活動，選出佳麗，世人可共同欣賞。

兩千年前的漢元帝，曾派毛延壽選天下美女，以充後宮，結果真正的美人王昭君雖被選入宮中，卻因家境清寒，拿不出賄賂，而被畫師將畫像點破，引出了「昭君和番」一段哀怨的歷史故事，並成為歷代詩人筆下吟詠感慨的題材，後世戲曲、小說家寫作的故事來源。

中國歷史上著名的美人，幾乎都與帝王或權臣有關，而且大多有一段曲折的故事流傳後世，王昭君之外，如春秋時的西施與吳王夫差，漢末的貂蟬與董卓，唐朝的楊貴妃與唐明皇等。甚至為了奪得美人而不惜一戰也是常事，如三國時曹操為東吳的二喬而築銅雀臺，而發動八十萬大軍南下，明末清初，吳三桂「衝冠一怒為紅顏」，陳圓圓竟有如此魅力！

中國文學作品中，對美人刻意的描寫，以《詩經・衛風・碩人》篇為最早，這首詩寫衛莊公夫人莊姜之美說：「手如柔荑，膚如凝脂，領如蝤蠐，齒如瓠犀，螓首蛾眉。巧笑倩兮，美目盼兮。」先用一連串譬喻，細膩地描寫她的雙手、肌膚、頸項、牙齒、面孔、眉毛，然後具體描寫她的笑靨生姿，眼波流盼，呈現出一幅美麗動人的畫面。

後來宋玉賦中寫楚國佳麗：「增之一分則太長，減之一分則太短；著粉則太白，施朱則太赤。眉如翠羽，肌如白雪，腰如束素，齒如含貝。」前半寫其身材、膚色恰到好處，後半也連用譬喻，描述她的形相之美。至於神態，風韻之美，莫如曹子建寫洛神的「翩若驚鴻，婉若遊龍」二句最為生動傳神。

舊小說中，常有一些描寫才子佳人悲歡離合的故事，書中對佳人常作「沉魚落雁之容，閉月羞花之貌」這樣空泛的描寫，也一直是著重在容貌之美豔動人。其實女性之美，外表的形體相貌，固然容易楚楚動人，但徒具姿色，而氣質靈性不美，終不耐看。沈三白的妻子陳芸，外型並不出色，而深具蘭質蕙心，故被林語堂先生評為「中國文學及中國歷史上一個最可愛的女人」。

愛美是人所同具的天性，欣賞美是一種賞心悅目的樂事，儘管人人各有自己的美感經驗，也各有自己審美的標準或尺度，但真正的美應當是外在形相之美與內在質性之美的最佳調和與融合。《詩經》第一首詩〈關雎〉篇中，描寫君子理想的佳偶是「窈窕淑女」，其中「窈窕」二字，合內外而言，因為美心為窈，美色為窕，內心與外貌俱美，才是真美，而「淑」字則是形容女子質性品德之善良，故「窈窕淑女」四字，應是中國人心目中自古以來的佳人典範，甚至堪稱是將近三千年前便已確立的審美觀，到現在依然如新。後來白香山形容楊貴妃是「天生麗質」，這「質」字大可玩味。

形相美來自天賦，那是先天的優越條件；而質性美則來自文化的陶冶，那是後天的涵養。中國女性如果具有美好清麗的外型，加上良好的教養，深度的文化薰染，則自然能表現優雅不凡的談吐，高尚不俗的氣質，端莊大方的舉止，綽約動人的儀態風韻，這樣內外和諧的美，最能令人印象深刻。可見美的確是一種內在煥發的氣質，孟子曾說：「充實之謂美。」就是這個道理。惟有具足優美的內涵，才能與標致的外貌相得益彰。

近來選美已成為大家談論的熱門話題，可喜的是舉辦選美的單位，已體認到文化層面的意義，如「第五屆中國小姐選拔委員會」所公告的選美宗旨中，有「為發揚傳統固有道德」、「並加強對中華五千年文化之體認」等語。美國環球小姐公司總裁韓契，在參觀了故宮博物院後，表示對中華文化非常嚮往，這次選擇在臺北舉辦環球小姐選美，就是想藉此機會向世人介紹中華文化的精深博大，選美活動如何與文化結合？如何選出透顯中華文化內涵與氣質、揉合古典美與現代美的中國小姐，進而代表我國參與環球小姐、世界小姐選拔行列，這倒是選美會在「重視社會公益，不以營利為目的；維護善良風俗，尊重女性尊嚴」等原則之外，值得重視與深思的課題。

七十六年十一月八日・《中華日報》
十一月十六日・《中央日報》海外版轉載

文學美境

月亮與神話

亙古以來，夜空中神秘的月亮，便是人類想像的寄託與神話的素材。世界上許多民族，如中國、印度、希臘和美洲、非洲等地的原始民族，都有一些古老的、屬於月亮的神話。中國的月亮神話，尤其美麗而耐人尋味。

月亮神話通常與太陽神話有關，而且月亮與太陽還有密切的親屬關係。在古希臘神話中的月神狄愛娜（Diana），是日神阿波羅（Apollo）的孿生姊妹；在中國神話中，據《山海經》〈大荒西經〉及〈大荒南經〉的記載，月亮是太陽的同父異母姊妹。傳說帝俊有兩個妻子，羲和與常羲，羲和生了十個兒子，她便是十個太陽的母親，每天在大海中湯谷地方為太陽洗澡；常羲生了十二個女兒，她就是十二個月亮的母親，每天在日月之山為月亮們洗澡。

中國人自古幾乎家喻戶曉的「嫦娥奔月」的故事，是中國神話中美麗的幻想的結晶。這神話最早見於《淮南子．覽冥訓》，而漢人高誘的《淮南子注》、梁人劉昭的《後漢書．天文志注》，更記載著在太陽神話中曾射下九個太陽的神射手后羿，向西王母請得了長生不死之藥，他美麗的妻子嫦娥竊食而奔入月中，化為蟾蜍（俗稱蝦蟆），成為月精。

嫦娥因竊食不死之藥而奔入月中，現代神話學者以為：含有試圖否定死亡，或逃避危機與困境的意味。到了中古時代，在人文思想的影響之下，在荒寒冷寂的月宮中的嫦娥，卻是千古寂寞的象徵，李義山的〈嫦娥〉詩說：「嫦娥應悔偷靈藥，碧海青天夜夜心。」這詩句豈不也是現實世界無數寂寞女子的寫照？至於嫦娥在月中變為蟾蜍的變形神話，或許代表著天帝對背叛丈夫的嫦娥所作的一項懲罰，這也是富有人文精神的神話色彩。

月中還有玉兔終年辛苦地為嫦娥擣藥，如晉傅咸〈擬天問〉說：「月中何有？玉兔擣藥。」李白〈把酒問月〉詩也說：「白兔擣藥秋復春，嫦娥孤栖與誰憐？」又流露出詩人對月中嫦娥孤寂生活的一片同情。

另外，據唐段成式《酉陽雜俎》的記載，月中還有一棵高五百丈的大桂樹，樹下有一個樵夫吳剛，手持巨斧，揮斧砍樹，但桂樹被砍過的傷痕，又立刻癒合，所以桂樹永遠也砍不倒，而吳剛仍日日年年不斷地砍樹。據說這神話也代表天帝對醉心天道而不肯努力學習的吳剛所施的懲罰，更隱喻徒勞無功，且永遠沒有成功的希望，也永遠掙脫不了這一命運；但吳剛仍然鍥而不捨的工作態度，卻代表著「知其不可而為之」的儒家精神。

月亮那神秘的光芒和陰影，是古來世界各民族常採為神話素材的原因；而月亮有時如明鏡、銀盤，有時如蛾眉、銀鉤的形象，缺而復圓，暗而復明，豈不正象徵著宇宙間一切生命與自然現象周而復始的永恆性嗎？屈原的〈天問〉說：「夜光何德？死則又育。」正如吳剛斧下裂而復合的桂樹，這不死與再生的力量，便是宇宙的奧秘啊！在中國，月亮的團圓，更象徵完美無缺，所以有「花好、月圓、人壽」的期望，有中秋月圓時骨肉團聚的民間習俗。

有關月亮的神話，提供了古來人類對月亮種種遐想的解釋，透過神話而予以美化與神秘化。我國千古流傳的月亮神話，在歷來宮廷或民間藝術如帛畫、古鏡、木刻、刺繡、剪紙藝術中，廣泛地被形象化。雖然美國太空人阿姆斯壯在月中沒有發現嫦娥的蹤影，而證實月亮原是一片荒漠，但中國——這世界上最愛月亮的民族，將永遠流傳著這些美麗而耐人尋味的神話。

七十年九月十二日・《臺灣副刊》

燈謎的妙趣

中國人過新年，有許多遊藝活動，如舞龍、舞獅、撐旱船、踩高蹺等，加上鑼鼓喧天，爆竹連連，真是精彩百出，熱鬧非凡！直到「花市燈如畫」的元宵節，大夥兒擠著看花燈，猜燈謎，才算達到最後的高潮，這時由動而歸於靜，以最富雅意與妙趣的猜謎遊戲，來結束新春的歡樂，但心中仍覺餘波盪漾，回味無窮。

從前元宵節猜謎，謎題黏在花燈上，讓人一面欣賞花燈，一面用心思去猜想，以助雅興，故稱燈謎。燈謎又稱文虎，故猜謎稱為射虎。最好的燈謎，是謎面與謎底扣合得很緊密，幾乎無懈可擊，而又別出心裁，妙趣橫生，耐人尋味，引人入勝的謎。這樣的謎語，作的人只有妙手偶得，猜的人也覺可遇而不可求。

我最喜歡詩謎，因為從讀過的詩篇中去尋求謎底的心理過程，更增添一份美麗的詩意，譬如以「紅樓夢」猜五言唐詩一句，謎底是「高枕石頭眠」，以「世界小姐」猜「豔色天下重」，都十分貼切。至於謎面也是詩句，則更富韻味，如以木蘭詩「爺孃聞女來」猜千家詩一句，謎底是楊巨源的七言：「出門俱是看花人」，妙在謎底「花」字解作女扮男裝、從軍凱歸的花木蘭，一語雙關。

謎底中的字，常作別解，或有意曲解，卻曲解得妙！如以「新月」猜七言唐詩一句，謎底竟是「此曲只應天上有」，將「曲」解作「彎曲」的「曲」，真是好一個「曲解」！他如以「御溝流紅葉」猜書名《韓詩外傳》的「傳」、以「明倫堂演戲」猜韓文「優入聖域」的「優」，都是有趣的別解。

謎有許多格式，如捲簾、秋千、螓首、燕尾、脫帽、脫靴、徐妃、梨花、解鈴、繫鈴等，名目繁多，變化萬千，其中大有學問，如果潛心研究，堪稱「謎學」。捲簾是常用的格式之一，如以「明信片」射白香詞一句，謎底出於謝逸的〈千秋歲〉：「密意無人寄」，要像「美人捲珠簾」似的將謎底由下往上讀成「寄人無意密」，寄信的人既然沒有意思保密，當然用的是明信片囉！徐妃格也很妙，南朝梁元帝妃徐昭佩，因元帝瞎了一隻眼，故意用半面粧，所以謎底要除去同偏旁那一半，以扣謎面，如「獨身主義者」猜古代地名「邯鄲」，去掉右偏旁後為「甘單」；「赤壁傷兵」猜成語「憔悴」，去掉左偏旁後為「焦卒」，都很有趣。

從小喜歡掇拾佳謎，曾分類整理成冊，閒來翻閱欣賞，也是一件樂事。信手拈來，如「照妖鏡」猜老子一句：「其中有精」；「小姑獨處」猜陶潛文：「乃不知有漢」；「武昌起義」

猜一物名「撲滿」;以白話「小白臉,你真好看!」猜四書人名二:「齊桓公、子都」等,都極富巧妙和趣味。

創作謎語需要精心巧思,猜謎語則需要耐性和博學,妙在搜索枯腸,苦思答案不得,一旦靈光一閃,豁然貫通時的那種快感,那份快樂,真是筆墨難以形容!猜謎可以啟發智慧,活潑思路,培養情趣,享受興味,真是值得提倡的一種充滿妙趣的文字遊戲。

七十一年二月二十二日・《聯合副刊》

文學中的境界

王靜安先生以「境界」說詞，成為人間詞話的一大特色。其實一切文學都能展現某種境界，如果讀者細心體悟，前人詩文中類似的境界，常可以觸類旁通，而獲得融會貫通的讀書樂趣。

譬如我們讀〈桃花源記〉，淵明描寫武陵漁人：「緣溪行，忘路之遠近，忽逢桃花林。」然後「林盡水源，便得一山。山有小口，髣髴若有光；便捨船，從口入。初極狹，纔通人；復行數十步，豁然開朗。」於是眼前便出現一片洞天福地。這段偶入桃源的過程，生動地描寫出由狹隘幽暗的山洞，經過摸索探尋，而逐漸顯豁朗然的光明境界，這常是人生歷程的寫照。

又如盛唐詩人王維，晚年隱居終南山，作〈終南別業〉一詩，寫山間清遊，天機自在，由絢爛之極，歸於平淡，其中「行到水窮處，坐看雲起時」二句，與淵明所表現的境界相似。前句眼看已至窮途，但偶然坐看浮雲，正蔚然興起，另是一番光景，有如呈現新的生機，且詩境、畫趣與禪意相融。

北宋古文大家歐陽修，晚年自號醉翁，在滁州做太守時，常與屬下門生登山臨水，暢遊勝景。其〈醉翁亭記〉一文，膾炙人口，傳誦千古，文中景物優美，情趣盎然，令人百讀不厭。作者描寫發現醉翁亭的過程，初則「山行六七里，漸聞水聲潺潺」。繼則「峰回路轉，有亭翼然臨於泉上。」境界的漸進轉移，寫來引人入勝。亭的出現，正是盼望已久的心中目標，自然令人欣喜！

南宋愛國詩人陸游，曾有兩句著名的詩句，與前述境界相近，就是〈遊山西村〉一詩的「山重水複疑無路，柳暗花明又一村」。上句「山重水複」也作「山窮水盡」，二句已成為浙江民間流行的俗語，比喻人的處境，到了將近絕望時，卻又轉生出希望，有「絕處逢生」的喜悅。「疑無路」不正是王維的「行到水窮處」嗎？「又一村」則有如「坐看雲起時」一般，又一境界呈現眼前。

馮延巳作〈謁金門〉詞，寫一位宮女的閒情。首先以象徵的筆法寫出：「風乍起，吹皺一池春水。」她的內心世界被外物引動而心波蕩漾。結尾兩句說：「終日望君君不至，舉頭聞鵲喜。」一個深宮寂寞的女子，整天盼望君主臨幸，而君主竟不見蹤影，豈不正是「山窮水複疑無路」的況味？而偶然抬頭，卻不意聽到靈鵲報喜的鳴聲，莫非君主即將臨幸？一縷希望升上心頭，更是「柳暗花明又一村」——豁然開朗的光明境界。

文學中的境界，如此類化聯想，則文學欣賞自然樂趣倍增。

七十七年一月四日・《中央日報・長河》

陶謝異趣

一切文學的寫作題材，不外乎自然與人生兩大範疇，即使寫超現實的想像世界，也脫不了自然景象與人生經驗的投影，詩歌尤其如此。早期的中國詩，自然景物只居陪襯地位，人事才是詩篇內容的主體，如《詩經》中偶見的寫景句，只作敘事、抒情的點綴，像〈小雅・采薇〉的末章：「昔我往矣，楊柳依依；今我來思，雨雪霏霏。行道遲遲，載渴載飢；我心傷悲，莫知我哀。」前四句將一來一往時季節的變遷，景觀的變化，作了今昔不同的對照，以為後四句的敘事、抒情預作布景。或在篇首處作比興之用，像〈周南・桃夭〉的首章：「桃之夭夭，灼灼其華。之子于歸，宜其室家。」前二句寫桃花的柔美明燦，以為後二句寫女子出嫁的比興。

經過先秦、兩漢文學史的演進，魏晉以來思想的束縛解除，創作的心靈開放，初時老莊、佛學盛行，文學也深受感染，於是而有玄言詩。讀書人一旦擺脫儒家禮教的約制，想在玄想世界得到思想的出路，但談玄說理的玄言詩畢竟「理過其辭，淡乎寡味」。誠如《文心雕龍》

所說：「莊老告退，而山水方滋。」文人乃轉向自然界尋求精神的安慰與文學蹊徑的開拓，遂產生陶淵明的田園詩與謝靈運的山水詩。

陶以前嚴格說來沒有田園詩，《詩經・豳風・七月》一詩，敘述農家耕作生活，只能算是農村詩，因為真正的田園詩，不只是描寫田園風光而已，主要在表現一種嚮往田園的情懷，以田園作為精神的故鄉、甚至生命的歸宿。換句話說，淵明所開創的田園詩，其獨特風格，不在客觀地描寫自然，以田園景物為素材而已，而在主觀地抒寫一種心靈的寄託，追求生命和諧的意趣。

陶謝同以自然為題材，淵明多歌詠田園生活的情趣，故成為田園詩的巨擘，後世如唐宋的田園詩詞，莫不是陶的苗裔；靈運多描繪山水景觀的形象，故成為山水詩的大宗，不僅同時的顏延之、鮑照、謝朓比不上，後世山水詩人也莫能望其項背，因為他全力創作，且技巧出眾。

讀陶謝詩，可以清楚地感覺出：兩家表現手法大異，作風也迥然不同，淵明的田園詩渾樸自然，而靈運的山水詩卻雕琢凝鍊，如以陶氏〈讀山海經〉十三首中的「孟夏草木長，繞屋樹扶疏。眾鳥欣有託，吾亦愛吾廬」等句，與謝氏〈登江中孤嶼〉的「江南倦歷覽，江北曠周旋。懷新道轉迴，尋異景不延」相比，則風格顯然異趣。以繪畫藝術來譬喻，陶詩如寫意，謝詩如寫實；陶作往往淡筆勾勒，如一幅潑墨，自然可喜！謝作必然細膩摹寫，如一幅工筆，精緻可觀。

淵明描寫田園情趣時，常透過主觀的立場，以他的心靈去觀照自然萬物，故在他的筆下所出現的，是他心中的田園，其中不僅蘊蓄了陶氏對生活深刻的主觀體驗，更達到一種物我相融的渾然境界，如〈飲酒詩〉二十首之五「結廬在人境」一首中的詩人與菊花、南山佳氣與飛鳥，幾乎都相融於自然畫幅中，且淵明詩詩筆平實率真，詩味平淡閒適，一如田園般平易曠達；而靈運刻劃山水外貌時，常採取客觀的角度，以他的眼睛去觀察自然萬物，故在他的作品中所表現的，是他眼中的山水，詩中物我的關係是分立的，而不是交融的，如〈石壁精舍還湖中作〉一詩，縷記遊覽經歷，描寫所見景物，因景而興發情意，終於悟出「慮澹物自輕，意愜理無違」的一番攝生之理，且詩句駢儷排比，寫景細微逼真，筆法精緻工妙，一如山嶺般重疊繁複、水流般迂曲迴旋。

可知陶謝之異趣，正如涇渭之分明，清晰可辨。

七十七年二月三日・《中央日報・長河》

盛唐的田園詩

在中國文學史上，唐代是詩歌的黃金時代，而盛唐又是唐詩的鼎盛時期。所謂「盛唐」，是前人對唐詩發展所畫分的一個階段。如明初人高棅《唐詩品彙》，將唐詩分為初唐、盛唐、中唐、晚唐四個時期，其中盛唐是指從玄宗開元元年（西元七一三年），到代宗永泰元年（西元七六五年），共計五十三年。

盛唐詩壇所以能蔚成唐詩的巔峰時期，是由於詩人之多，詩作之豐富，詩風之多采多姿，真如百花齊放，極一時之盛。當時諸家中，如王維、孟浩然等，繼晉宋以來的陶謝詩風，形成山水田園一派，風貌清新。高適、岑參、王昌齡、王之渙等，描述邊塞風光，抒寫征戍情懷，形成邊塞豪放一派，氣象宏偉。而李白的詩才奔放，詩風飄逸，和杜甫沈雄寫實的風格異趣，同為不朽的一代詩傑。

這時期的詩歌，無論是杜甫寫戰亂流離的社會寫實詩，李白豪情千丈、瀟灑不群的個人詠懷詩，或高、岑、二王等描寫黃沙千里、胡笳夜月的邊塞詩，都是富有強烈動感的詩篇，或激昂慷慨，或嗚咽悲壯，無不動人心魄。只有田園山水詩，是那個文化璀燦而時局動盪的大時代裡，一片寧靜的天地，一個優美的世界。

提起盛唐的田園詩，只要稍微涉獵中國文學史的人，都會立刻想起「王孟」。唐代詩史上王孟並稱，是因為王維和孟浩然是那時田園山水派的大家。他們承接陶淵明、謝靈運的遺緒而使田園山水詩在盛唐時代再度放一異彩。王孟之外，還有劉長卿、韋應物、柳宗元、儲光羲等，也是傑出的田園詩人，為那個光彩交映、風波跌蕩的時空點綴了一泓清幽深靜的湖水。

王維晚年的五言絕句，如〈鹿柴〉、〈辛夷塢〉、〈鳥鳴澗〉等詩中，自然界的一花一鳥，無不和作者的心境相融，成為畫筆、禪理和詩情的完全融合。因為王維不但是詩人，也是山水畫的南宗之祖，他的畫著重意境、神韻的表現，所以他的詩，不僅有東坡讚美的「詩中有畫，畫中有詩」之美，尤其能在形象之外，渲染出高遠的意境和空靈的神韻，令人悠然神往。

他的五言古詩及律詩，描寫田園生活，表現自然情趣，或透露禪悟心境，無不閒靜清逸，悠然淡遠，風味無窮。如〈渭川田家〉一詩：

斜光照墟落，窮巷牛羊歸。
野老念牧童，倚杖候荊扉。

雉雊麥苗秀，蠶眠桑葉稀。
田夫荷鋤立，相見話依依。
即此羨閒逸，悵然吟式微。

詩中描寫黃昏時候的田園景象，清新如畫，牛羊在夕陽餘暉中緩緩歸來，野老倚杖，期待牧童回家，田夫荷鋤，相見閒話家常，真是活生生的一幅田園風光，情趣閒逸靜美。

孟浩然的〈過故人莊〉，也是一首膾炙人口的田園詩：

故人具雞黍，
邀我至田家。
綠樹村邊合，
青山郭外斜。
開軒面場圃，
把酒話桑麻。
待到重陽日，

還來就菊花。

詩中寫景清麗，抒情真摯，遠山近樹，盡在眼底，飲酒閒話，話題正如陶淵明〈歸園田居〉所說：「相見無雜言，但道桑麻長。」多麼真切感人的田園情致！末了還期待重陽佳節，再來田家欣賞菊花，恬淡的閒情雅致，真令人羨慕嚮往。

七十三年十月七日・《國語日報》

大地之愛

——唐詩中的田園情趣

唐詩的美，是多彩多姿的美！因為唐代是中國詩歌的黃金時代，詩人之多，作品之豐富，以及風格之多樣，令人目迷神醉，應接不暇。尤其是玄宗以後的五十多年，後世稱為盛唐時期的詩壇，最是精彩傑出，如百花齊放，百鳥齊鳴，極一時之盛。

這時期有「舉杯望明月」的李白，我們喜歡他的瀟灑飄逸。有「讀書破萬卷」的杜甫，我們欽佩他忠君憂世的情懷。更有岑參、高適、王之渙、王昌齡等的邊塞詩，寫出了鞍馬烽塵的塞外風光，氣象雄放。而王維、孟浩然等描寫山水田園的自然詩，就像深山中的一泓清泉、一片朗月，恬靜而優美。

以農村生活為寫作題材的詩，早在《詩經・豳風》中的〈七月〉一詩就已經開端，但真正能描寫田園風光、表現田園生活，並嚮往田園情趣的田園詩，是東晉陶淵明開創的詩風，當時還有專寫山水的謝靈運，形成山水田園一派。盛唐的王維、孟浩然、儲光羲，以及稍後的劉長卿、韋應物等，都是承襲了這一詩風的同派詩人。在他們的筆下，大自然的一草一木、一山一水，都寫得清幽而淡遠，尤其詩中所描寫的田園風光，所流露的田園情趣，讀來無不親切有味。

王維是一位兼擅詩畫的藝術家，他的水墨山水畫和田園詩，有同樣蕭疏清淡的作風，蘇東坡評他「詩中有畫，畫中有詩」。詩句中寓有畫境，畫境中含有詩情，達到情景交融、詩畫合一的境界，令人悠然神往。

王維晚年退居輞川（在今陝西省藍田縣南），那裡的靈山秀水，孕育了不少五言山水小品，不但呈現出畫境，也富有靜趣與禪理。他的田園詩，寫得最富情趣的是〈渭川田家〉：

斜光照墟落，窮巷牛羊歸。野老念牧童，倚杖候荊扉。雉雊麥苗秀，蠶眠桑葉稀。田夫荷鋤立，相見話依依。即此羨閒逸，悵然吟式微。

這是一首五言古詩，一開始所展現的是一幅寧靜的畫面：黃昏時節，斜陽的餘暉靜靜地照耀著田園間的一處村落。接著出現的是一個生動的鏡頭：村中一條窮陋的巷道中，成群的牛羊正踏著夕暉緩緩地歸來，不但寫出了常見的田園景觀，也寫出了陶淵明所謂「日入群動息」的自然規律，農夫、牧童、牛羊都結束一天來辛勤的耕耘與放牧工作，陸續回到茅屋圈舍休息，於是靜境中躍現了動態。

三、四句是一幅充滿田園情趣的畫面：一位田野間的老農，心頭正惦念著出外放牧的孩童，在柴門外倚著柺杖等候他歸來，可以想見他此刻盼望的眼神與關顧的心情是何等殷切！天都快黑了，這孩子怎麼還不回來？莫非又去爬樹捉蟬，又去池塘裡游泳戲水了？直到看見牛群羊群，及跟在牛羊背後的童子夕陽中長長的身影，才放下惦掛的心。詩句中的「念」字、「候」字，流露出無限的親情、純樸而可貴的天倫之愛，情與景交融成一片。

詩人描寫景物，常從不同的感官作用，分別記錄所得的印象，再經營成統一和諧的意象。王維所描寫的渭川田家，第五、六句便是訴之於聽覺與視覺的描寫，聽到田野間雉鳥的鳴聲，看到麥田中的新苗青翠秀出，春蠶吃飽了桑葉，不動不食，已經入眠，而剩餘的桑葉只有稀疏的幾片。田園景象，表現得細膩而真切。

一眼望去，只見農夫們在田間相遇，就背著鋤頭立在田埂上，隨意地談些家常話，誠樸敦厚的性情、親切而又不勝依依的感情，都在筆墨間流露無遺，詩人為我們捕捉到一個美好和諧的鏡頭，情趣盎然。

最後，詩人寫出他的感想：他欣羨這閒適自逸的田園生活，不覺悵然吟起《詩經・邶風・

式微》一詩中「式微式微胡不歸」的詩句，如果自家的田園衰微寥落，何不學陶淵明在〈歸去來辭〉中提醒自己：「田園將蕪胡不歸？」田園畢竟是值得留戀的。

在唐代田園詩人中，與王維齊名而常被後世文學史家並稱為「王孟」的是孟浩然。這位曾被李白稱贊為「紅顏棄軒冕，白首臥松雲」，而且「風流天下聞」的孟夫子，寫得最膾炙人口的一首田園詩是〈過故人莊〉：

> 故人具雞黍，邀我至田家。綠樹村邊合，青山郭外斜。
> 開軒面場圃，把酒話桑麻。待到重陽日，還來就菊花。

這是一首五言律詩，寫他過訪故人田莊的生活經驗，寫來自然有味。老友特別準備了一些食物：自家養的雞、自家種的黍，全是鄉村風味，邀請詩人到田莊作客，還沒到達田莊之前，老遠就望見莊外的風光，美得醉人！兩排翠綠的樹，就像兩隊人馬，正好在村邊會合，而遠處的一帶青山，橫橫斜斜地展現於城郭之外。五、六句寫已到田莊的情形：敞開軒窗，正面對著一方青翠的園圃，賓主歡欣地相對飲酒，談些種桑植麻的事，雖是農家日常生活的瑣事，卻更顯得純樸親切，這樣閒適淡泊的田園生活，真令人喜愛、令人留戀！於是這位應邀偶然來田莊作客的詩人，還想再來這裡享受這分閒逸的情趣，等到秋天重陽佳節，園圃中的菊花盛開時，不必主人邀約，詩人自然會被這裡的一切吸引而來。末句中所用的「菊花」，正是閒逸的田園情趣的象徵。

儲光羲也愛好自然，追求閒適生活，做過幾次小官，便退隱於陝西的終南山。他的田園詩中，如〈田家雜興〉八首之八，細微地描寫田園生活：

種桑百餘樹，種黍三十畝。衣食既有餘，時時會親友。夏來菰米飯，秋至菊花酒。孺人喜逢迎，稚子解趨走。日暮閒園裡，團團蔭榆柳。酩酊乘夜歸，涼風吹戶牖。清淺望河漢，低昂看北斗。數甕猶未開，明朝能飲否？

這首五言古詩中，描寫農家於耕作生活之餘，常與親友聚會宴飲，享受人間至情的溫慰，夏日的菰米飯香，秋來的菊花酒醇，天下還有甚麼生活比田園生活更淳厚有味呢？老太太喜孜孜地在門前迎客，幼童們只曉得四處奔跑嬉戲。黃昏時節，清閒的庭園裡，樹蔭處處，帶著酩酊的醉意正欲夜歸時，清涼的晚風吹進窗戶，覺得心胸好舒爽！抬頭遙望天空清清淺淺的銀河，北斗星也在一邊高低閃爍，如此閒適的農家生活與田園情趣，怎不令人陶醉？還有幾罈老酒還沒開呢！明天還能這樣暢飲一番嗎？末後還留下一些餘味，讓讀者去咀嚼品嘗。

稍後的劉長卿詩，也頗能表現閒適淡遠的境界，尤其在短小的絕句中，常流露如詩畫般的田園情境，如「柴門聞犬吠，風雪夜歸人。」（〈逢雪宿芙蓉山主人〉）「荷笠帶斜陽，青山獨歸遠。」（〈送靈澈上人〉）令人讀後留下鮮明而深刻的印象。

韋應物詩韻高而氣清，常有意學陶淵明，如「楊柳散和風，青山澹吾慮。」（〈東郊〉）「園林鳴好鳥，閒居猶獨眠。」（〈園林晏起〉）在他的筆下，樹間的和風，林中的好鳥，青青的遠山，都是閒居生活中令人思慮澹泊的景物。

從唐代詩人的田園詩中，我們品味到一種閒適恬淡的情趣，就像置身在寧靜而優美的田園，使我們情懷淡泊，心境悠遠，好比服了一帖清涼劑，有沁人心脾的舒適感。因為自然原是人類生命的本原，田園的純樸最接近生命的真趣，只要身心一回歸自然的懷抱、一接觸田園的情趣，就像回到久別的故鄉，感到格外親切有味。

七十四年九月 · 《幼獅少年》一〇七期

七十六年六月收入幼獅文化事業公司出版之《大地之愛》

中國的情詩

所謂「情詩」，與一般表露自己情感生活的「抒情詩」不同，描寫男女兩情相悅，而與愛情有關的，稱為情詩，就是現在所要講的主題。請大家一塊兒到「情人谷」，看看三千年前到一千年前的詩人所留下的情詩。

中國文學史上第一首情詩是《詩經．周南．關雎》：「關關雎鳩，在河之洲。窈窕淑女，君子好逑。參差荇菜，左右流之。窈窕淑女，寤寐求之。求之不得，寤寐思服。悠哉悠哉，輾轉反側。參差荇菜，左右采之。窈窕淑女，琴瑟友之。參差荇菜，左右芼之。窈窕淑女，鐘鼓樂之。」描繪出由初戀到失戀，再由失戀到戀愛成功，分成三個階段，真是「峰迴路轉」、「柳暗花明又一村」，其第一階段，為一追求相思階段，「悠哉悠哉，輾轉反側」將「求之不得」的情況，描寫得真切而恰到好處。第三階段「琴瑟友之」而後「鐘鼓樂之」，此時戀愛終於成功了，在鐘鼓悠揚聲中，走上「地毯的那一端」。可見戀愛要有恒心毅力，不可懈怠，遇到挫折，不要完全放棄，有志者事竟成，我們這位三千年前的詩人，就是一個證明。

以下就以十七首情詩，來說明中國情詩的特色：

古詩十九首之十，〈迢迢牽牛星〉：「迢迢牽牛星，皎皎河漢女。纖纖擢素手，札札弄機杼。終日不成章，泣涕零如雨。河漢清且淺，相去復幾許？盈盈一水間，脈脈不得語。」作者藉織女想牛郎，來寫一個女孩子想他的男朋友，像「終日不成章」、「脈脈不得語」，寫得很含蓄，很委婉。

「昨夜星辰昨夜風，畫樓西畔桂堂東。身無彩鳳雙飛翼，心有靈犀一點通。」（節略李商隱〈無題〉之一）雖不能像彩色的鳳凰一般有一雙可以飛翔的翅膀，飛到情人的身邊，來安慰自己的相思之苦，但是只要你我之心，如靈犀一般，就可以互通。這樣的詩句，也是一種含蓄、委婉的表現。

「靜女其姝，俟我于城隅。愛而不見，搔首踟躕。」（〈詩經・邶風・靜女〉）一個嫻靜而又面貌姣好的女子，與我相約在城牆角落等待，可是我到了約會地點之後，望穿秋水，卻不見伊人倩影，於是搔首踟躕，寫出一副焦急不安的樣子，真是一個很自然、很真切的鏡頭。

「彼狡童兮，不與我言兮，維子之故，使我不能餐兮。彼狡童兮，不與我食兮，維子之故，使我不能息兮。」（《詩經・鄭風・狡童》）此為斥責其男友變心的話，「不與我言兮」「不與我食兮」，使她吃不下，睡不著，都是自然而真切的表現。

「庭中有奇樹，綠葉發華滋。攀條折其榮，將以遺所思。馨香盈懷袖，路遠莫致之。此物何足貴？但感別經時。」（古詩十九首之九），這是一首描寫懷念所思之人的情詩。將以遺所思，但由於「路遠莫致之」，真如興致勃勃的寫了一封情書，但卻無法投遞一樣，何等惆悵，也表現得非常自然真切。

「聞君有他心，拉雜摧燒之，摧燒之，當風揚其灰。從今以往，勿復相思。」（節略漢魏樂府民歌，〈有所思〉），寫出對移情別戀的男友憤恨的情緒，把禮物燒成灰，化為烏有，描寫得多麼真切，多麼傳神。

「腹中愁不樂，願作郎馬鞭。出入擐郎臂，蹀坐郎膝邊。」（南北朝樂府民歌，〈折楊柳歌〉）這是以一個女孩子的語氣寫的，由於滿腹傷心憂愁，而情郎卻一天到晚騎馬打獵，不與她約會，於是她想，如果能作郎馬鞭，隨時與郎在一起，那該多好。這是個非常有趣的想像。

「客從遠方來，遺我一端綺。相去萬餘里，故人心尚爾。文彩雙鴛鴦，裁成合歡被。著以長相思，緣以結不解，以膠投漆中，誰能別離此。」（古詩十九首之十八）從「文彩雙鴛鴦」、「合歡被」、「長相思」、「結不解」、「膠投漆中」全都是很優美的象徵手法。

「靜女其孌，貽我彤管。彤管有煒，說懌女美。自牧歸荑，洵美且異。匪女之為美，美人之貽。」（〈邶風·靜女〉二、三章）這是一種心理的描寫。彤管雖美，但還是喜歡這位面貌姣好的女子。荑雖「洵美且異」，並非荑本來就很美，而是「美人之貽」，所以才覺得美好。

「彼采葛兮，一日不見，如三月兮。彼采蕭兮，一日不見，如三秋兮。彼采艾兮，一日不見，如三歲兮。」《詩經·王風·采葛》此為描寫初戀男子，只要一天不與女友見面，心理上就感覺到好像隔了好久好久，這是一種心理的描寫。

「海上生明月，天涯共此時。情人怨遙夜，竟夕起相思。滅燭憐光滿，披衣覺露滋。不堪盈手贈，還寢夢佳期。」（張九齡〈望月懷遠〉）「情人怨遙夜」、「還寢夢佳期」充分的描寫出情人的心理。

「明月何皎皎，照我羅床幃，憂愁不能寐，攬衣起徘徊。客行雖云樂，不如早旋歸。出戶獨彷徨，愁思當告誰？引領還入房，淚下沾衣裳。」（古詩十九首之十九）將孤獨之心寫得非常纏綿淒切。

「青青河畔草，綿綿思遠道，道遠不可思，宿昔夢見之。夢見在我旁，忽覺在他鄉。他鄉各異縣，輾轉不相見。」（節略漢魏樂府民歌，〈飲馬長城窟行〉）

「君知妾有夫，贈妾雙明珠，感君纏綿意，繫在紅羅襦。妾家高樓連苑起，良人執戟明光裡，知君用心如日月，事夫誓擬同生死。還君明珠淚雙垂，何不相逢未嫁時。」（張籍〈節婦吟〉）

「憶君迢迢隔青天，昔時橫波日，今作流淚泉，不信妾腸斷，歸來看取明鏡前。」（節略李白〈長相思〉）

「相見時難別亦難，東風無力百花殘，春蠶到死絲方盡，蠟炬成灰淚始乾。」（節略李商隱〈無題〉之二）

以上幾首都在歌頌男女之間的愛情，描寫得非常纏綿、非常淒切！

「郎作十里行，儂作九里送。拔儂頭上釵，與郎資路用。有信數寄書，無信心相憶，莫作瓶落井，一去無消息。」（南北朝樂府民歌〈估客樂〉）其中「有信數寄書，無信心相憶」寫得多麼溫柔，體貼！

「曉鏡但愁雲鬢改，夜吟應覺夜光寒，蓬萊此去無多路，青鳥殷勤為探看。」（李商隱〈無題〉之二節略）其中「夜吟應覺夜光寒」充分流露出情人彼此之間，體貼入微的一番情意。

「碧玉小家女，不敢攀貴德。感郎千金意，慚無傾城色。碧玉破瓜時，郎為情顛倒，感郎不羞郎，回身就郎抱。」（南北朝樂府民歌〈碧玉歌〉）「回身就郎抱」是何等大膽率真。

以上是從《詩經》、古詩十九首、漢魏樂府民歌、南北朝樂府民歌到唐代的情詩。五代兩宋也有很委婉、很有情調、很耐人尋味的詞，「記得綠羅裙，處處憐芳草。」這是一種移愛，亦即愛屋及烏。又如「天不老，情難絕，心似雙絲網，中有千千結。」「繫我一生心，負你千行淚。」「兩情若是久長時，又豈在朝朝暮暮。」都是傳誦千古的名句。

好文學之重要條件有二：一是情感要真，二是技巧要自然。詩中最優美、最生動、最感人的，便是情詩，它常是最純真而自然的作品，更是符合好文學的條件。

七十三年七月一日・《自由青年》六五九期

歲月履痕

沉浸醲郁　含英咀華

——我怎樣讀國文

中學時代，我受國文老師的影響最深。對國文產生濃厚的興趣，以及考大學時選擇國文為第一志願，並以此為終生職志，都與我的國文老師有密切的關係。

初中我念的是一所空軍子弟中學——至公中學，學校設在屏東縣東港鎮大鵬灣，海濱的晨曦與晚霞、海風與碧波，不但留下美麗的回憶，也曾啟發我文學的靈思。

教我國文的先是莊述章老師，莊老師儀表英俊，風神瀟灑，講課時言詞優雅而風趣，分析深刻而細膩，每一課課文，只要經過他傳述，都變得美而動人，深深吸引著我從小愛好文學的心靈。聽莊老師講國文，是一種精神的享受，令人陶醉。

後來由胡自逢老師教國文，胡老師督教嚴格，規定每天寫日記，所教的課文都要熟讀背誦，作文批改極為認真，早晨天不亮便陪我們一起早讀，書聲琅琅，弦歌不輟。那時沒有標準本教科書，老師自己選教材，課文程度很深，如賈誼〈過秦論〉、晁錯〈論貴粟疏〉等議論文，白居易〈長恨歌〉等長篇歌行。胡老師講解得非常仔細，引經據典，剖析精微，真受益非淺。

由於兩位老師的教導，使我對國文具有高度的學習興趣，而日常作文也受到很多指點與鼓舞，作文簿上常有老師紅筆留下的圈圈點點，評語總是嘉許備至，不但發作文時得到表揚，有時還讓全班同學傳閱。

而一次矯正錯誤，可能會影響一生。有一次我寫了一首新詩，詩中有一句句尾用「陰霾」二字與「離」、「黎」等字押韻，莊老師在眉間批語提示我：「霾」字應讀成「埋」，以後寫作用字便特別小心，沒有把握的字一定查閱字典，弄清楚它的音義，而不敢掉以輕心。勤查字典與謹慎用字，便是莊老師啟發、培養我的好習慣。

讀書與寫作息息相關，也都成為我的愛好。課餘好讀課外書，是一種快樂的經驗，於是《西遊記》、《水滸傳》、《七弦琴》、《藍與黑》、《小婦人》、《俠隱記》等，無論古典現代，或西洋翻譯小說，我都如蠶食桑葉般細細咀嚼，興趣盎然。

桑葉吃多了，自然想吐絲，寫出心中的感受，記下生活的點滴。習作常在校內壁報上刊出，也常獲得校內外徵文比賽獎，有了幾分信心，便嘗試投稿，《臺灣學生月刊》、《香港中學生周刊》，以及屏東縣童軍團辦的學生刊物《鵝鑾鼻》等，都成為我發表習作的園地。平日閱讀所吸收的靈感，可以從自己寫出來的成品得到表現的機會，實在是一大快樂。

初中畢業後，順利考取臺北著名的師院附中（現在的師大附中），國文老師曲顯功先生講課也相當精彩，他常講《水滸傳》的人物故事，並借用施耐庵的筆法來講解課文，使我們聽得津津有味。發作文簿喜歡個別指導，不厭其煩，我的習作中有好的句子，他便朗誦給同學聽，後來三年的作文簿，居然被同學索取一空，自己一本也沒留下來。

高中階段又是廣泛閱讀的時期，這時閱讀的範圍更廣，除了散文、小說外，也涉獵學術文化類的書籍，如胡適的《四十自述》、羅家倫的《新人生觀》、蔣夢麟的《西潮》、林語堂的《生活的藝術》等，乃至錢穆、唐君毅、徐復觀、牟宗三在《人生》雜誌上發表有關中國文化的宏論。圖書館成為我經常光顧的地方，書包裡除了課本之外，總有一兩本課外書作為每天的精神食糧，讀書已養成一種生活上不可或缺的習慣。

我想：我讀國文的成長經歷，如今回顧起來，可以清楚地釐出幾條線索，一是得益良師的指引與鼓勵，二是出於自發性的廣泛閱讀的興趣，三是閱讀時細心品味涵泳的讀法，四是課內學習與課外閱讀並重，五是讀書與寫作並進，因而使我能具備良好的國文根基，在接受大學國文專業教育時，能得心應手，悠遊於國學天地，徜徉於文藝世界，維持長期的興趣，並獲得許多書本中的快樂。

我對國文的愛好至今不衰，要特別感謝老師的啟導，初中畢業時，胡老師在紀念冊上勉勵我：「頤情志於典墳，運匠心於翰藻。」老師如此深切的期許，能不攻讀國文系嗎？讀了師大國文系，宗孝忱老師為我寫的一幅小篆，裁取韓文公〈進學解〉中的名句：「沉浸醲郁，含英咀華，作為文章，其書滿家。」對我讀書寫作的生活來說，意思十分貼切而契心，前兩句正是我讀書最喜歡的態度與方式，後兩句則是研究、寫作的自我期許，也是老師的一片期許，我把老師這幅美善的字跡，視同珍寶地懸掛在我辦公桌前的牆壁間，天天可以面對師教而自我惕勵。

八十一年九月十日・《中央日報》
「中學國語文」專刊第七十八期

踏出附中校門以後

還記得附中的校歌，第一句是：「附中，附中，我們的搖籃。」這歌聲彷彿仍在耳邊縈繞，猛一回頭，怎麼一幌就過了二十五年的歲月、四分之一個世紀？想來真令人咋舌！追憶在附中時的生活片段、當年母校的師長和同學，都一一如在目前，如在昨日。

二十五年來，世變滄桑，人事滄桑，而母校永遠是母校。偶然車過信義路，總會不自覺地望望當年的母校，校門後的舊大樓，已換成美輪美奐的新建築，想來母校也大為改觀。今年四月十日，欣逢母校成立三十五週年校慶，為迎接這光輝的紀念日，母校將舉辦許多慶祝活動，並計劃出版《新附中》，今接獲黃校長函囑，以文章報導個人求學經過、家庭情形及事業狀況，我很高興地執筆，就以「踏出附中校門以後」為題吧！

我民國四十五年畢業於高四十班，和邵子凡、楊達倫、黃光明等同班。班上同學大都去美國留學成家，也有少數留在國內，我是其中之一。畢業那年暑假，參加大專聯考，為了減輕家庭的經濟負擔，也為了實現個人的願望與人生理想，我選擇公費的師範大學就讀，結果以第一志願考取了師大國文系，與同年畢業於實驗文一班的張健學長同班。

大學四年的生活，過得很充實，聽了不少素所仰慕的國學家講課，如高鴻縉老師的文字學，程發軔老師的左傳，高明老師的文心雕龍，成惕軒老師的駢文，巴壺天老師的詩，李辰冬老師的文學史，張起鈞老師的老子等，都令人印象深刻。可惜這時像屈萬里、戴君仁、王叔岷、潘重規、牟宗三等國學名家，都已先後離校，無緣親聆他們的博辯精論，只能自嘆「余生也晚」了！四年當中，也聽過不少國際馳名學者轟動一時的講演，如胡適、林語堂、趙元任、錢穆、鄧昌黎等，都曾來師大作精彩的演講，場面熱烈，至今難忘。

由於生性愛好國學，尤酷愛文學，所以上課時極用心聽講，也認真記筆記，當年記的筆記簿，至今還保存完好。其次是閱讀了不少課外讀物，圖書館是經常光臨的地方，借書證上都被填滿，有時還不夠用呢！總之，那時讀書的衝勁很大，興趣極高，總是盡力吸收，廣泛攝取，一心嚮往學問的寶山，恨不得讀盡天下書。

四年的勤奮力學，學業成績一直名列前茅，得過不少獎學金，像教育部中國文化獎金、救國團優秀青年獎學金、燕京大學司徒雷登紀念獎學金等，為我解決不少經濟上的問題。其中大二兩學期的平均成績，高達九十多分，締造了當時全國大學生的最高紀錄，而贏得燕大的巨額獎學金，兩次審查的燕大校友，一次是張隆延先生夫人，一次是鄭騫教授，他們問我何以成績如此之高？是由於天才還是努力？我當然說由於努力，但也不否認幾許天分的因素。

讀書學習之外，也常參加校內外的論文、寫作或徵文競賽，常常獲獎，記得剛進師大才半個月，以一年級學生而贏得全校國慶論文賽第二名，第一名是同系四年級的張鍔鋒學長，因此，當時頗受同學矚目，也深受師長垂愛。校外得過《中國一周》徵文賽第一名。校內刊物如《師大青年》、《師大文苑》、《崑崙雜誌》、《人文學報》等，經常刊出我的作品，也曾在校外的《革命文藝》（後改稱《新文藝》）月刊上發表過幾篇文學論文。

課外活動也常參與，不過由於個性好靜的關係，大多屬於靜態或與筆墨、研究有關的活動，像參加「人文學社」、「寫作協會」等，一度主編過《人文學報》，擔任過社的總幹事（當時社長是由國文系主任程老夫子擔任），主持過幾次演講會。「人文學社」是師大歷史最悠久而馳名國內的一個社團，當年潘重規先生講四書，陳致平先生講歷史故事，牟宗三先生講哲學，都曾吸引許多聽眾，對社會發生深鉅的影響，可惜我都沒有「躬逢其盛」，又只好自嘆：「余生也晚」了！

四年內做過五任班長，屢次被推選出來，也只好悉心為班務獻力。六十九年是師大同學畢業二十週年，我又以老班長的身分，會集海內外的班友，在臺北舉行了一次聚餐，並到東部、南部旅遊，重溫舊夢。到了大三時，被選為系會「國文學會」理事長，為全系同學服務，辦過迎新、送舊晚會，組織拔河隊，為系贏得全校運動會拔河冠軍，我為了替系隊加油，竟喊啞了喉嚨，十多天講不出話來。

校外的活動，我也熱心參加，如第一年參加由救國團協助本系組成的臺灣南部「文物考察隊」，考察臺南、屏東等地的文物遺跡，很有收穫。後來曾參加在北投復興崗舉行的第一屆「戰鬥文藝營」，聽過名作家如王夢鷗、王聿均、馮放民等講授新文藝。又曾在日月潭參加過「文史年會」，聽過錢穆、沈剛伯、姚從吾、梁實秋等學界名師的高論，都覺得受益非淺。

四年大學生活，過得充實而多彩多姿，唯一遺憾的事，是大三那年暑假，當我正在臺中接受軍訓時，家母不幸病逝，含悲傷痛之餘，我深深體會到《韓詩外傳》裡所說：「樹欲靜而風不止，子欲養而親不待」那種永恆遺憾的心情。

四十九年畢業時，本來依志願分發母校附中實習，但因同班女同學鄧先華分發新竹中學，該校無女老師單身宿舍，鄧同學有所不便，在系主任安排、個人及前母校黃校長徵得同意下，我與鄧同學對調，她留附中，我去新竹。當時程老夫子還說這是「人才下鄉」，其實去新竹教書，倒增加我不少新的人生經驗，如領略風城的「風」味，過著平靜的、半隱居式的生活，為準備考研究所，也讀了一些書。初嘗人師滋味，心情十分愉快！倒是未能回母校任教，重溫當年舊夢，當是一項損失。

教書一年以後，以第一名考取了師大國文研究所，跟隨國學大師林尹老師學文字聲韻、高明老師學文學理論、詩人李漁叔老師學詩。肄業期間，也創造了很高的學業成績，因而獲得國際婦女會破例發給男生的「歷史研究助學金」，並曾參與前教育部長張曉峰先生主持的《中文大辭典》編纂工作，後來又編過《大學字典》，又接受周宣德先生邀請，主編過《慧炬月刊》，後來並擔任社長。研究所修業兩年，由李漁叔老師指導，以題為〈歷代詞話敘錄〉的論文，獲得文學碩士學位。

碩士班畢業後，當年即報考同所博士班，又以第一名登上榜首。是年申請保留學籍，先去軍中服役。服役一年期間，先到鳳山陸軍步兵學校接受三個月的基本訓練，然後分派到陸軍第九師二十六團當少尉排長，曾隨軍遷駐臺南善化、苗栗公館、大坪林等地，並奉派到合歡山參加寒地訓練，學會了滑雪，曾寫成〈合歡山上〉一文，在《中央副刊》發表；後來又在苗栗山區參加游擊訓練，在西湖鄉一帶，流連於純樸的葡萄園，又寫成〈葡萄成熟時〉一文，也在《中副》刊出；接著又參加空投訓練和游泳訓練，《中副》又刊出我的〈空投記〉一文。九個月的部隊生活，倒也過得多彩多姿。

五十三年六月，從軍中退伍歸來，又回到師大國文研究所，在博士班繼續深造。在學期間，曾獲得中山文化基金會的博士研究生獎助金，每學期學業成績，平均都在九十分以上。

第二外國語修的是德文，德文老師是曾任內政部警政司司長的黃佑先生，後來他與校外教授周學普先生共同主持考試，我以九十六分的破紀錄高分獲得通過。共修業六年，最後三年，一面在師大任教，一面隨高明老師攻研經學，於五十九年七月，以題為〈穀梁范注發微〉的博士論文，通過教育部的博士學位評定考試，而成為第九位國家文學博士，當時的口試委員是臺靜農、戴君仁、程發軔、陳槃、鄭騫、林尹、高明諸位先生，由林尹、高明兩位老師任指導教授。

家父原服務空軍，曾先後在空軍總部、作戰司令部等單位服地勤業務，已於十多年前退役。自先母於民國四十八年逝世後，在家中父兼母職，十分辛勞。兄弟姐妹共四人，弟培元曾由輔導會榮工處派赴沙烏地阿拉伯工作，今已回國，在翡翠水庫工程處服務；妹熙瓊、漢珍都已先後出閣，居住臺北。至於自己，於民國五十八年十二月七日，與廣西籍的唐廣蘭小姐結褵，婚後育有二女，長女琴心，今年十一歲，次女琴怡，也已九歲半，都長得聰慧可愛，天真活潑，各就讀國小五年級及三年級。妻畢業於文化學院中文系，算是同行，現執教於景美國民中學，勤勞賢慧，家中孩子的教育及繁瑣的家務，全靠她一手處理，教學之餘，還忙裡偷閒，常帶孩子去學鋼琴、學書法，為了培養下一代，付出了不少心力。家庭生活，和樂融融。

五十九年完成最高階段學業，贏得最高學位以後，即在師大國文系任教，最初擔任國文、詞選及習作、國文文法等課程，後來曾教過論孟、學庸、曲選及習作、散文選及習作、讀書指導等。六十一年起，在中國文化學院中文系兼課，講授文學概論、楚辭，也講過詩經、尚書、禮記、中國文學史等。繼而兼任中央大學、淡江夜間部中文系教授多年，又曾在東海大學中文研究所講群經大義及諸子大義。現任師大國文系及國文研究所教授，講授群經大義、論語、詞選等課程。

十多年來，我始終站在教育的崗位上，以教育為職志，以學術研究為事業。除教書和研究外，間或也從事文學寫作，五十八年十一月，曾匯集在各報刊發表過的作品，由仙人掌出版社出版第一本散文集《文學心路》，六十二年五月，轉由大林書店再版。學術著作有《歷代詞話敘錄》（中華書局）、《穀梁范注發微》（嘉新文化基金會）、《穀梁著述考徵》（廣東出版社）、中國歷代思想家之三十四——《王守仁》（商務印書館）、《論語通釋》（學生書局）等。與友人合編的書，則有《讀書指導》、《歷代散文選》（以上南嶽出版社）、《詞林韻藻》、《曲海韻珠》（以上學生書局）等。

從五十九年九月到六十年十二月底，曾應教育部的聘請，連續在教育廣播電臺的「四書講座」中主講論語，由於詳盡清晰，深入淺出，故深獲聽眾好評。直到現在，十多年來，仍在繼續播出。全部內容，曾由鳴鳳唱片公司灌製成小型的飛麗唱片，行銷海內外，去年二月，又由學生書局印成書本，也很暢銷。臺灣電視公司將論語搬上螢光幕，以綜藝節目方式播出，曾應邀為節目顧問，提供參考意見。

六十五年五月，復應教育部聘請，擔任重編國語辭典編輯委員會副總編輯，從策劃、編審到校訂，實際執行編務達五年之久，編成《重編國語辭典》一書，於去年十一月底由商務印書館出版，預約者空前踴躍，轟動一時，至今不到三個月，已銷出三萬部，真到了「洛陽紙貴」的地步！前一時期，曾盛傳有人盜印，害得商務連忙聘請律師登報警告。這部書可以算是個人對國家社會、乃至國語文教育所作的一項重要貢獻，全書六鉅冊、六千餘頁，是一部內容豐富、注音標準、解釋明確、體例完善、檢用方便、既現代化而又實用的辭書。不久又要進行簡本的編輯工作，至少又得忙上一兩年。

平常潛心學術研究與寫作，零星發表過的論文已有百餘篇，報刊上也常有作品刊載，最近與友人同為《聯合報副刊》執筆寫「快筆短文」專欄，頗受讀者歡迎。常指導師大、文化等校研究生撰寫碩士或博士論文，其中也有韓國留學生。歷年來，曾先後應教育部、文復會、孔孟學會、中央圖書館及各大學社團的邀請，在各地作專題講演，也深受聽眾歡迎。

六十八年四月，與國內各大學從事中國文學研究的一群朋友，聯合發起組成「中國古典文學研究會」，目前已擁有會員三百多人，每年輪流在各大學舉辦全國性古典文學會議，已先後在中央大學、文化大學、師範大學舉行三屆，由各方學者專家發表學術論文，共同討論，情況熱烈，深受各界矚目。受會員們推選，個人已擔任兩屆常務理事兼秘書長，負責策劃及執行一切會務工作。此外，也擔任「紀念余家菊先生文教基金會」董事兼總幹事，「中國文字學會」理事等，都是純粹服務性的職務。

本學期將應大韓民國國立忠南大學之聘，任該校客座教授，赴韓講學半年，將講授「中國學術研究方法」、「明清小說」等課程，將於三月中旬出國，暑期歸來。這對促進中韓文化交流及兩國間國民外交，當有少許貢獻。因為出國關係，今年四月十日，母校成立三十五週年校慶，將無法親臨致賀，想必屆時定有一番盛況，謹在此預祝母校校運昌隆，人才鼎盛，並祝母校師長及各位校友身心健康，事業繁榮。

七十一年四月十日・《新附中》

「準博士」當兵記

在軍中客串了一年軍人，如今，只剩一個多月，就要鞠躬下臺，脫下這身「二尺五」，「還我舊時裝」，依然過我的讀書生活了，古人解甲歸田，我卻是「解甲歸學」。回顧這將近一年的軍中生活，其豐富與有趣之處，真可用得上一句俗套的形容詞：「多采多姿。」

記得當初在步校受訓的時候，幾位同學常聚在一起聊天，總覺得上課枯燥無味，打野外嘛，既疲勞，也沒意思。我們這些學文學的人，一腦子和平思想，根本反對打仗，如今卻要我們學習如何將子彈射穿敵人的胸膛？如何用刺刀刺進敵人的咽喉？一想起血肉橫飛、屍陳遍野的戰場慘景，就令人不寒而慄；我們又是「自由主義者」，步校管束得太嚴，以致行動處處受限制，頗不自在；而且，讀書人總是離不開書本的，受訓時，整天操課不息，簡直無法讀書，眼看著美好的光陰白白的浪費掉，實在可惜！想像以後到部隊去服役，恐怕會相當苦悶吧？因此，我們想：將來，如果有人替我們寫年譜，從民國五十二年八月十日入伍這一天，到五十三年八月九日退伍這一年，將是一片空白。可是，離開步校，到部隊生活了幾個月以後，卻發覺這一年非但沒有白費，而且比學校生活得更充實，更有趣。這一頁「年譜」，將是相當「光彩」的一頁。

一年中，除了起初的三個月在步校接受軍官養成教育以外，部隊裡服役九個月，先後參加了一連串的訓練或演習：曾在海拔三千四百多公尺的合歡山上滑過雪，飽賞銀色世界粉粧玉琢的美景，這是寒地訓練；也曾在遼闊無垠的天空中遨遊，體會凌虛御風、騰雲駕霧的況味，這是空投訓練；又曾在深山窮谷中打游擊，經歷過跋山涉水、風餐露宿的艱苦生活，這是游擊演習；最近又有項游泳訓練，想像那碧波萬頃、浩瀚無涯的海景，真令人心曠神怡。這些生活，帶給我不少難得的人生經驗；雖然吃了不少苦，可也享受不少樂。我想：從苦中得來的樂，也許是人生最大的快樂吧？

我們每個從大學裡畢業的青年，除了女孩子以外，都有到軍中生活的機會，因此，我想把自己在軍中生活的一些經驗，揀比較有趣的報導出來；或提供出本身遭遇的若干問題，也許可以作後來的朋友們參考吧？還有一點必須聲明的是：我有什麼寫什麼，想到那裡，便寫到那裡，好的方面固然寫，不滿意的地方也坦白地寫出來，這樣或許更接近「真實感」。

為了眉目清楚起見，我分成幾個段落：

一、步兵學校的學生生活

一到步校報到，第一件事，就是頭上的「三千煩惱絲」，立刻被一掃而光，眼看著代表「翩翩風度」的美髮，在無情的剪刀下一根根斷落，雖然減卻每日梳洗的麻煩，可是，頭頂上光光的，總覺得像失去了什麼，心裡老是惦記著，不是味道；尤其正要下手剪的那一剎那，彷彿有小和尚出家剃度為僧，從此看破紅塵、遁入空門的那種滋味。

無巧不成書，我們四個被朋友們稱為「碩士大兵」的夥伴，在不同的時間分別抵步校報到，卻被編在同一個隊，而且，張和胡，我和周又分在同一個班。見面時，又驚又喜，看看彼此的光頭，真有「恍如隔世」之感！

每天天不亮，正是好夢方酣的時候，值星官一聲要命的哨音，把我們從夢中催醒。這時，你不但不能有絲毫戀床懶起的意念，而且得特別果斷、異常敏捷地爬起床，因為只有二十分鐘的時間讓你去料理一切，包括在睡意猶存、雙眼矇矓中摺疊蚊帳，整理棉被，而且必須有稜有角，不能含糊；接著要著裝、洗臉、刷牙，還得抽空到「華盛頓俱樂部」（註一）去光顧一下。這些瑣事，一件一件，必須安排得非常緊湊，否則趕不上早點名，說不定值星官會替你照張相（註二），當場出你的醜。我動作倒還快，所以沒被照過相；可是，要我厚厚的一堆棉被變成豆腐乾似的稜角畢露，說良心話：我辦不到，因而公佈欄裡常出現「六十六號」（註三）因內務欠整而被扣分的紀錄。為了消弭常被扣分的威脅，我幾度試圖把隆如麵包似的棉被捏得平整一些，偶而能挽回頹勢，得個優點，被加分，便喜不自勝，可是卻失敗的時候多，無可奈何，只有自嘆沒這份天才，放棄努力。

早晚點是「例行公事」，打起精神唱完「領袖頌」或「反共復國歌」，跟著值星官舉手呼口號，自己也不知道喊了些什麼？接著是隊長訓話，講完了五點，另外又規定應該切實注意的三點，然後再補充一點，最後更強調一點。聽完了隊長不厭其煩的「訓」，值星官又來嚕嗦一陣，真教人忍耐不住，可是儘管內心裡煩，表面上卻必須裝得「心甘情願」的模樣，不然又要被值星官額外訓上一頓。據某區隊長事後解釋：長官訓話，這「訓」字言旁一個川，就是說話川流不息的意思，這不知是那一家的文字學？卻頗能自圓其說哩！

每天的課排得滿滿的，白天七八節，晚上還有兩堂自習。教官們講書，多有一套固定的公式：先是開場白，然後根據大綱講本文，然後同學發問，然後教官作結論，最後當場測驗。

教室的課坐冷板凳，天氣悶熱時，打瞌睡的，比比皆是；看小說的，寫情書的，也大有人在。可是瞌睡打不得，因為教官往往不饒過瞌睡蟲，叫起來問問題，答不出怪尷尬的。有一次，某仁兄正遨遊夢鄉，被教官叫起來問：「你會見周公了沒有？」他糊裡糊塗地回答：

「沒……有。」旁邊同學插嘴說：「他剛跟周公的女兒幽會。」引起一陣哄堂大笑。看小說、寫信，也是冒險的事，因為一被值星官碰到準倒霉，但防不勝防，有些同學鬼聰明，把小說跟講義訂在一起，上下都是堂而皇之的講義，中間夾的是武俠小說，這樣居然能瞞天過海，逃過值星官探照燈似的銳眼，而悠遊於刀光劍影、飛簷走壁、緊張刺激的情節中，大過其癮。可惜我不愛看武俠小說，享受不到這份「福」。

打野外累是累，但比教室的課容易過些。在許多戰術課程中，像攻擊、防禦等等，都在磨鍊我們的戰鬥技能，也就是學習如何打仗？最苦的是「單兵攻擊」和「排攻擊」，前者必須在數千公尺起伏不平的山地裡奔跑，拿著笨重的武器，通過壕溝、鹿柴、鐵絲網等障礙，在泥土裡「滾進」，在荊棘叢中「躍進」，幸而老天有眼，當天竟傾盆大雨，免上，我們如獲大赦，少受一次苦。後者必須通宵不眠，深夜越過高山深谷，穿過許多複雜危險的地形，去突擊敵人的指揮所，或破壞敵人的倉庫。在漆黑的夜暗中，在荊棘滿布的山谷裡摸索，滿腳泥土，滿身汗水，加上瞌睡和疲勞，這些滋味真夠受的；但我們卻精神抖擻，懷著一份好奇的心情，體會這奇異的經歷。

打靶的課最多，各種武器都射擊過，每個人至少射出過上千發子彈。步槍靶場就在步校旁邊，每次都是行軍去，走上個把鐘頭，居然還沒出步校的門，由此可以想見：這學校範圍之大，果然算得上「遠東最大的軍事學府」。最有趣的是夜間射擊，紅色的曳光彈在夜空中編織成「火網」，美麗無比！

鳳山的太陽是有名的，每次上野外課或打靶回來，皮膚曬得黑油油的，全身「臭汗淋漓」，回到寢室，最緊張、也是最痛快的事就是洗澡，一個水池子水，一百多人洗，水少僧多，所以必須衝鋒陷陣，奮不顧身，才能舀到幾盆水，拼命往身上沖，沖淨了污垢，也沖去了一切疲勞，真是一大痛快！

有一天晚上，我們正在睡鄉中尋夢，忽然一陣急促的哨音，把我們從夢中驚醒，我略一定神，立刻知道這是怎麼回事，於是以最快的行動著裝：胡亂地套上襪子、鞋子，打好綁腿，繫好彈帶，背好背包，再戴上鋼盔，到槍架上取槍，就往外跑，前後恐怕還不到兩分鐘。這時，寢室裡亂成一片，出來集合時，有的沒穿襪子，有的找不到鞋子，有的忘了戴鋼盔，有的背包背倒了。隊伍還沒集合好，隊長就領著黑壓壓一群人直往司令臺跑，跑得氣喘如牛。各隊先後到達司令臺前，除了碎步看齊時的輕微腳步聲外，列子裡聽不到一絲聲音，夜空中幾點疏星在閃爍，一切都顯得那麼靜，而且有點神秘。副總隊長在臺上講話了，他宣布一項「人類史上的奇跡」：從開始發出緊急集合的信號到集合完畢，某隊只花了十五秒鐘，這不能不說是驚人之舉，他們大約「消息靈通」，才會這樣「出奇制勝」。

同學都是來自各大學的「精英」，什麼典型人物都有，有的古怪得出奇，有的滑稽得可笑。某同學天生一雙鼠目，下巴尖尖的，走路有跳的意味，真像一隻小松鼠，因而「小松鼠」的外號便不脛而走。有位仁兄更怪：無論吃飯、喝水，兩腮鼓得像兩個圓球，嘴角還不斷出氣，乃被呼為「鼓風爐」。還有一位，頭長得上寬下窄，兩眼突出，牙齒錯落不齊，行動也滑稽突梯，活像牛哥漫畫筆下的牛伯伯。更有位身材奇高（至少有一九〇公分），瘦如電線桿的同學，行動遲緩，呆頭呆腦，人稱「呆頭鵝」。提起這位老兄，還另有一套「絕技」哩！他講話喜歡套用成語，有時用得牛頭不對馬嘴，令人啼笑皆非。譬如有一次集合，他遲到了，入列時悄悄地溜了進去，值星官問他為何不報告？你猜他老兄怎麼說？他套上一句絕妙的成語：「唯恐打草驚蛇！」此語一出，害得我們笑痛了肚皮。

剛入伍的前三個禮拜，星期天是不放假的，我們一個個像關在籠子裡的小鳥，想飛，卻飛不走，好容易盼到第四個禮拜天，可是別忙，沒那麼輕鬆，放假之前，還要接受一番「磨鍊」。週末下午沒課，不是拿著鐮刀在炎陽下割那些永遠割不完的「長」草，就是帶著大鐵剪修路旁的紅花樹，再不然就是端一臉盆水，蹲在紅花樹下「摩」土堤，必須「摩挲」得有稜有角，又光又滑。好容易星期六下午過去了，第二天總該放假，讓我們痛痛快快地玩玩吧？可是還有麻煩的事哩！全體在操場集合，檢查服裝儀容，衣褲必須燙得畢挺，皮鞋必須擦得發亮，領章和褲帶環必須以擦銅油擦得光閃閃的，頭髮不能超過三分長，鬍子必須刮光，指甲必須修剪，如果有一樣不合規定，就別想出去，各級長官一再訓示：在外不能違紀，上衣鈕釦要扣好，袖子不要捲起，見了長官要敬禮，如果被憲兵登記，回來要受處罰，千叮萬囑，真不亞於送女兒出遠門的嘮叨母親那麼不厭其煩。又擔心我們走路不像軍人，要抬頭、挺胸、齊步，表現出雄赳赳、氣昂昂的氣概，於是，總隊長要我們三個三個，甚至一個一個成分列式走過司令臺，由他「檢閱」後才放行。朋友！你可想像，要享受一天假期，必須受這麼多「苦刑」，付出這麼大的代價，得來真是不易啊！

終於放了假，我們一個個像飛出籠子的鳥，於是我們結伴遨遊，去高雄逛街，看電影，或去大貝湖（現改名澄清湖）瀏覽優美的湖景，面對著一泓清波，微微蕩漾，心中有說不出的舒暢；或小立「柳岸觀蓮」（註四），或漫步林間，聽「深樹鳴禽」（註五）的輕歌，確可滌盡我們一身的疲勞和心頭的煩悶。有時跑到西子灣去看海，海的遼闊，更令人心曠神怡，在那兒，可以看到海上的艨艟艦影，遠處點點歸帆，海邊上更有無數戲水的「弄潮兒」。黃昏，我們在愛河之畔，泡杯清茶，靜靜地躺在竹椅上，無拘無束地談談天，看晚霞映著碧綠的河水，兩岸整齊的路燈與河上那座壯觀的橋，在霞光中益顯得美麗如畫。這份悠閒，這份情趣，這份享受，我們總是貪戀到華燈滿市、月華如練的夜晚，才匆匆離去。有時，我們登上壽山，眺望高雄市的夜景，只見萬家燈火，閃爍明滅，夜市景色，燦爛如錦。有時，我們群聚在楚生家包餃子吃，包餡的包餡，擀麵的擀麵，好不熱鬧！胡伯父慈祥和藹，胡伯母也親切熱誠，每次都叨擾他們辦一桌子的菜，使我們這些離家的大孩子享受到不少的溫暖。

從步校畢業出去，必須在部隊裡當排長，排長是直接的帶兵官，要有一套才行。不然「唬不住部下，我們真擔心將來怎麼辦？校內有一幅壁畫，畫的是「小排長出洋相」的漫畫，畫中的「小排長」叫不出口令，在士兵前「出洋相」，這使我們有點「觸目驚心」之感。

一天一天數饅頭（註六）的日子終於過去了，十二週受訓生活結束，畢業時，我們的心情是又輕鬆，又沈重，輕鬆的是繁重的課業終於完成，沈重的是未來的責任重重地壓在我們肩上，不過也無所謂，我們有勇氣，也有毅力擔負，畢業典禮後，我們領子上「預訓班學生」的領章，換上了兩枝步槍和一條金槓，搖身一變，儼然是中華民國的步兵少尉，似乎神氣不少，接著是五天畢業假，大家玩得不亦樂乎！回校以後，隊長宣布抽籤分發的名單，幸運的被分到金馬前線，我不幸分到本島，沒福氣去體驗一番最前線的戰鬥生活，看看金門、馬祖這兩座自由堡壘是如何堅強地挺立在鐵幕的邊緣！

二、合歡山上的滑雪經驗

步校畢業以後，我被分發到南部某軍團所屬的一個輕裝步兵師當排長，駐地在臺南善化，二十多天以後，我又換駐苗栗大坪頂，由南部到了北部。

有一天，連長忽然對我說：「王排長，過幾天你就要到合歡山滑雪去了。」我聽了不覺一怔，有點莫名其妙，經問明原委，才知道原來是連上派我為代表，參加合歡山的滑雪訓練，據說那兒標高達三千多公尺，冬季冰雪封凍，氣溫經常在零度以下，我心裡只有暗暗叫苦，因為我生平最怕冷，這回卻要到冰雪地帶去生活一個多月，可要凍慘了！但是，無論面臨任何困難，我是個一向不肯認輸，也決不願退縮的人，我想，只要別人受得了的，我也受得了。我默默地勇敢地接受了這次考驗。

十二月二十日的清晨，我們全體二十條好漢，抱著征服自然的雄心，由駐地踏上征途。在臺中車站前，會合了各路英雄，然後分乘十六輛大卡車，浩浩蕩蕩，向山高地寒的合歡山進軍。

當車子離開臺中市郊，逐漸駛上橫貫公路時，車外風光如畫，使我雀躍不已，記得去年四月間，我正忙著趕寫論文，一個偶然的機會，只須花少數的旅費，便可暢遊橫貫公路一趟，我那肯放過？於是，暫時撇開了滿桌的資料卡和稿紙，帶著簡單的行囊和滿腔的興奮，偕朋友黃君，取道蘇花公路，聯袂踏上旅途。我這種好遊山水的興緻，想當年李太白自詠：「五嶽尋仙不辭遠，一生好入名山遊」的豪情，大約也不過如此吧？到達花蓮，不巧正遇上橫貫公路坍方，車只通天祥，因此，我們只玩了太魯閣到天祥這一段，恰好是全程的一半，雖然「未窺全貌」，不無遺憾，但那次遊歷所得的快樂真是無法形容的。此後一直耿耿於懷，總想找機會補遊剩下的西半段。沒想到這次來軍中服役，卻有此機會彌補我心頭的「缺憾」，怎不令我無比興奮呢？

車在蜿蜒的公路上迴旋，一會兒爬上崇山峻嶺，一會兒鑽進叢林幽谷，一會兒駛過懸峭崖壁，一會兒出入涵洞隧道，驚險之處，真令人嘆為觀止！俯視萬丈深谷，尤令人目眩心悸。我暗自擔心，萬一翻將下去，豈不粉身碎骨？這時，大家的心情都不免有點緊張，只見車中有人雙手合十，可能是祈求佛菩薩保佑，也有人閉著眼睛，嘴裡念念有詞，大約在向上帝禱告。我不是教徒，我相信人的生命，造化自有安排，何必杞人憂天？也許就由於這種「安身立命」的思想，使我有一種「定力」，因而鎮靜如恆，頗有「臨危不亂」的工夫。

車子慢慢往上爬，爬得愈高，氣溫愈低，當爬到一千多公尺的高山時，只覺寒風襲人，升到二千多公尺，便見路旁草上鋪滿了層層白霜，到三千多公尺，更發現樹枝上掛著一根根透明的冰柱。車是敞篷的，每個人的鼻尖、耳輪和臉蛋，都被寒風吹得通紅，甚至「紅得發紫」，鼻孔裡不由自主地，而且不斷地湧出兩道清泉，有人揩濕了兩塊手帕，而「鼻泉」卻仍有「沛然莫之能禦」之勢，真是無可奈何！

車過合歡山隧道，偶一回顧，只見山谷間瀰漫著一片茫茫雲海，真像海中滾滾的白浪。雲濤一直洶湧到山外遙遠的空間，一眼望去，真有「浩浩蕩蕩，橫無際涯」的氣象。這壯觀，這奇景，真是造物者的一大傑作。

當汽車緩緩駛入合歡谷中，已夜色朦朧，下車後，我忽然發覺有人肩膀一直在聳動，甚至全身都在抽搐，像發羊癲瘋，說話的嗓音也變得離奇，而且斷斷續續，結結巴巴的，我正懷疑是什麼「妖氣」和「魔力」使我們陷入這種慘境，略一定神，只聽得旁邊有人相互奔告：「現在是零下七度。」這才恍然大悟，原來我們已到達目的地，這鬼地方果然冷得出奇，像置身在冰窖中。據說前年曾創出零下十七度的「最低紀錄」，這真不堪想像啊！

每人領到三床厚厚的棉被，棉毛衣褲、棉風帽、棉夾克、皮手套、毛襪和長統靴等禦寒衣物。天氣實在太冷，我們不管三七二十一，把所有棉的毛的通通穿在身上，一個個臃腫得像北極的愛斯基摩人，樣子非常滑稽！

參加受訓的，都是來自各部隊排長以上，營長以下的幹部，大家卸去了原有的階級和兵科領章，穿上同樣的服裝，彼此一律平等，都是「清一色」的學員，相互間以「學長」呼之。

頭一次吃飯，飯粒嚼在口裡，硬澀澀的，不是味道，由於高山氣壓低，水不到一百度就開了，所以生米難成熟飯。魚湯一下子就結成魚凍，豆腐必須趕快送進口中，不然會立刻變成凍豆腐。朋友，你可以想像，這是個什麼世界？還好，以後飯菜都逐漸有改進，否則怎麼吃得消？

剛到那幾天，有人常感覺頭暈，且微微發燒，夜間呼吸迫促，輾轉反側，不能成眠，甚至鼻孔出血，據說這叫「高山病」，適應了便自然會好。感謝天！我除了呼吸偶感不適和輕微的失眠之外，別無其他「症狀」。

室外太冷，上課常擠在寢室裡，有時生一爐火，暖烘烘的，倒挺舒適。出太陽的日子，也常到山野間上課，以大自然為課室。雲霧從我們四周湧起，我們被茫茫的雲層霧氣所包圍，彷彿浴身在白色的乳液中，也彷彿置身於飄渺的神仙世界。

山間盛產人參，每逢假日，同學們紛紛組成挖參隊，不辭跋涉之苦，攀越之勞，深入荒遠的窮谷中去「掘寶」，挖得一根根活像人形的參，一串串掛在床頭，確有一股「誘人」的力量。儘管如此，但每有人邀我去，我都「無動於衷」，因為我不想「發財」。不過，我這種「不動心」的境界，只維持了幾天，終於被「誘惑」而作了嘗試。我可以對天發誓：我絕不是被它的經濟價值所誘，只是單純地想體會那奇異的經驗，嘗嘗那由辛苦換回來的快樂。

在一道陰暗的山溝裡，當我第一次撥開草叢，循著難以辨認的參苗的枯藤，從泥土中挖出一根碩大得足以稱得上「參王」的巨參時，內心充滿了前所未有的欣喜，這份欣喜，絕不是這根巨參本身的價值所能等量齊觀的。挖了一天，雖只挖到大小十根，卻已心滿意足，因為我並不想「豐收」，所獲得的經驗和快樂，已豐富了我的心靈和生命。

營區前面，高聳著海拔三千四百一十六公尺的合歡山主峰，假日，我們相約攀登這座雄壯巍峨的高峰，奇怪！沒走上幾步，大夥兒竟氣喘如牛，有人自嘆「年華老去」，我找到一項「科學的根據」寬慰他們說：「這是因為高山空氣稀薄的緣故，不是年紀大了才這麼氣喘。」這話像一帖興奮劑，彷彿喚回他們的青春，鼓起他們的活力，於是，大家又一個勁兒往上爬，果然輕而易舉地登上了絕頂。駐足四望，但見群山環繞，彷彿千軍萬馬，自四周奔馳而來，遠處層巒起伏，重重疊疊，山色漸遠漸淡，一抹嵐光，幾片雲影，使遠山更顯得迷離。這世界真遼闊啊！不知何處是天之涯？海之角？何處才是生命的歸程？只覺眼前一片茫茫，人，從茫茫中來，最後又向茫茫中去。這使我忽然想起陳子昂的詩句：「前不見古人，後不見來者，念天地之悠悠，獨愴然而淚下。」

晚間，偶爾舉行座談會、討論會什麼的，我是個沉默慣了的人，尤其不喜歡在大庭廣眾之間高談闊論，更沒有「演說癖」，但有時沒人發言，太冷場了似乎悶得難受，只好說幾句話，以打破會場沉寂的空氣。卻不料不鳴則已，一鳴居然「語驚四座」，主席在結論時，對我的發言大加讚揚，譽為最有條理，最有內容。於是，我當場被推為全隊的「發言人」，以便在總隊舉行的大會中，綜合大家的意見，以演說方式發表。當晚整理紀錄及講稿，忙到深夜十二點，真是「禍不單行」「自尋煩惱」。

演說那天，有人知道我的「來頭」，當我從容上臺，從麥克風裡傳出第一句話開始，臺下數百聽眾，居然鴉雀無聲，講完掌聲如雷，使我有點「受寵若驚」之感。後來全隊選舉模範學員，隊友們提名我，並為我義務助選，搜羅一些不真不實的「優良事跡」替我大事吹噓，經過他們一番熱烈的唇槍舌戰，最後我終於又「眾望所歸」，這更使我慚愧得臉紅，因為我並不「模範」，怎能接受這份榮耀呢？天下事往往如此，很多自己不想要的東西，偏偏有人送上門來，而且「得來全不費功夫」，想來也真好笑！

第一次下雪那天，當片片雪花飛絮似的自空中輕輕飄落的美景映入我的眼簾時，曾掀起我心底無比的歡欣。啊！十五年沒見過雪了，兒時所見故鄉的雪景，只剩下一片模糊的記憶，而今重睹雪景，如故友重逢，怎不令人欣喜欲狂？

雪，蓋滿了山巔，鋪遍了壑谷，一片銀色世界！像是粉粧就的，玉琢成的一般。樹枝上也綴滿了晶瑩的雪花，真個是「玉樹瓊枝」，玲瓏剔透。最美的還是「冰瀑」的奇觀，山上瀉下來的水，全結成冰，透明奪目，精美無倫，真成了一匹「水晶簾」。

滑雪是一次難得的經驗。記得在「雪山霸王」（日譯「銀嶺雄風」）那部片子裡，世界滑雪冠軍，西德小生湯尼載勒和日本的青春女星鰐淵晴子在銀幕上所表演的那套滑雪絕技，確令人激賞不已！只見他們在銀色的山谷間穿梭飛躍，來去自如，而今自己親身嘗試，穿上長長的雪屐，手持雪屐桿，在雪地上試步時，想不到竟寸步難移，不是身子向邊倒，便是仰天一跤，摔在鬆軟的雪泥上，蠻舒服的，倒也別有風味。久之，鬆雪壓實了，凝成了硬硬的冰殼，這時跌跤可不好受了。但我們不怕摔，摔得愈多，學得愈起勁，這玩意兒跟學騎腳踏車一樣，不摔它幾跤，受點皮肉的痛苦，是很難學會的。不過只要用心學，進步倒也相當快，第二次練習時，不但能平地滑走，而且能在緩斜坡上徐徐滑降，漸漸地，又學會了如何停，如何制動。教官們在旁指導，身體要平衡，心情要放鬆，動作要自然，兩腿用力要相等，雙膝微微向內彎曲，上身微向前傾，利用左右雪屐桿撐持雪地的力量向前滑進。我們努力體會教官提示的動作要領，果然安如磐石，穩如泰山，向前滑行時，但覺悠然飄然，輕快無比，那滋味確有說不出的美妙！

可惜今年雪下得太遲，剛學會滑雪，且興趣正濃時，卻已到了結訓的日子，天公真是太不作美了！

結訓下山那天，大雪紛飛，公路上積雪至少有尺多厚，汽車無法行駛。因此，我們數百健兒，冒著大風雪，背負行囊和武器，在深雪裡行軍。啊！好偉大的場面！好美麗的圖畫！滿山的雪，滿山的銀白，一支雄壯的隊伍，像一條長龍，爬進銀谷，又攀登銀峰，在銀色的峰谷間盤旋。這場面，這圖畫，很像「戰爭與和平」裡拿破崙率軍在西伯利亞的冰天雪地中行軍的景象，所不同的是：這位當年席捲歐亞、叱咤風雲的人物，野心勃勃，征服了多少國家，征服了多少人民，卻征服不了自然，西伯利亞的嚴寒和大風雪，迫使他不得不拖著他飽受凍餒的殘兵敗將，沮喪地自莫斯科敗退。我們卻征服了自然，英勇昂揚，滿懷勝利的心情，象徵著向莫斯科進軍。寒風陣陣，迎面吹來，像針一樣，刺進我們的皮膚，一顆顆堅如石子的雪粒，不斷地打在臉上，痛得令人難受，雙腳在深雪中出入，被冰涼的雪水浸得溼透了，凍得失去了知覺。這滋味真苦，但我們毫不叫苦，不顧一切，只管勇往邁進，只覺得這場大風雪，是鍛鍊我們意志與勇氣的最好考驗。從合歡谷攀越武嶺，途經昆陽，一直走到快接近翠峰的地方才乘上車，至少走了十多公里的艱苦路程。

當車子駛離翠峰，白雪盈盈的合歡山巔，漸行漸遠，遙望那一片銀色天地，回味這一個多月的生活，真像一個「銀色的夢」，一個永難忘懷的「美麗的夢」。

三、凌雲御風的空投訓練

合歡山歸來不久，三月間，又在南部某空軍基地參加了一項空投訓練，它的全名是「陸空聯合空投技術訓練」。

我們這些陸軍步兵，一向被認為是「地下爬的」，這回好像一下子長了翅膀，居然也成了「天上飛的」了。回憶那段生活，真有「凌雲御風」的況味，更實現了古人「欲上青天覽日月」的夢想。

訓練時間整整三週，前十天是有關空投技術的講解、示範和地面操作、機上操作等等，後十天真正坐飛機作空投演習。

在一連串的技術訓練以後，我們對空投的各項程序都已熟練，都能運用自如了，接下來便是親自去空中投擲，所謂「養兵千日，用在一朝」，十天的訓練，就看這「孤注一擲」了，投不好則前功盡棄，投得好才算沒白費工夫。

演習以前，捆摺大隊早已把用沙包代替的軍品捆紮得牢牢的，把投物傘也摺疊得好好的，然後交給我們空投大隊去完成「最後的一擲」。

雖然時序還在陽春三月，可是臺灣南部的天氣已熱不可當，在蒸籠似的機艙裡，我揮汗如雨地指揮著組員們固定滑軌，把軍品裝上機艙、繫牢所有的捆綁帶、扣上投物傘上下的掛鉤，一切就緒以後，飛機便開始發動了，機聲軋軋，震耳欲聾。一架C—46空運機，像一隻龐然大物，在跑道上緩緩蠕動了，漸漸地，輪子離開了地面，騰空了，從敞開著的機門望下去，只見地面的一切都在變，越變越小，大樹變成了小草，高山變成了土丘，房屋變成了鴿子籠，行人變成了螞蟻。滿目一片碧綠，有山巒起伏，有河流如帶，有沃野千里，還有那大千世界的芸芸眾生，這真是一片「錦繡大地」啊！

忽然機外白茫茫的，成堆成捲的雲霧瀰漫過來，像輕紗般飄渺，像乳液般白嫩，我們此刻正在雲鄉裡遨遊，真有舊小說裡所描寫的神仙們「騰雲駕霧」的滋味。空中風特別大，加上螺旋槳鼓動氣流，我們身在機中，頗覺有列子「御風而行」的意味，令人有飄飄然的感覺。

當飛機飛臨空投場上空時朝地面俯瞰，綠野中白色「T」字形的布板顯明地耀入我們的眼簾，那是空投場地的標記。這時，飛機開始在場地上空繞第一個圈子，在繞第二圈、第三圈時，我們便分別把二十個沙包作兩次投擲。我是空投長，在我們八個人組成的空投小組中掌握著指揮的大權。當副空投長傳過來一個信號，告訴我距離開始空投的時間只有十分鐘時，我便指揮組員們鬆掉前十包的捆綁帶。還剩四分鐘，待投的沙包都被推送到機門口。最後一分鐘最緊張，我們屏氣凝神，只等一聲鈴響便分別以不同的動作、同時把沙包順著滑軌推出左右機門，這時刻很快就到了，剎那間，十個沙包骨碌骨碌地都滾出了機門。接著是第二次投擲。當所有的沙包都丟下飛機以後，回航時，心情不覺有了無比輕鬆之感，就像放下了壓在心頭的石塊一樣。

最有趣的莫過於夜間空投，乘飛機在新月如鉤、繁星滿天的夜空中飛行，簡直是一次最美妙的空中遊覽，一彎眉痕月，彷彿仙女雲髻上銀白色的玉簪，無數的繁星，好像鑲嵌在她裙邊的璀璨耀目的珍珠。大地上萬家燈火，輝煌閃爍。這天上人間的夜景太美了！簡直令人陶醉！

像日間一樣，我們又順利地完成了空投的任務。天上星月的交輝和人間燈火的映照，加上夜色濛濛，在氣氛上顯得比白天更神秘！更優美！

輪到我們檢包時，必須驅車至數十里外的空投場去拾回那些被紛紛投落下來的傘和沙包。看降落傘從飛機上投出，然後隨風在藍空中飄落，確是一幅美麗的圖畫！傘衣的顏色，除了像雲朵似的潔白色以外，還有橘黃色、淺綠色和黃綠相雜的原野色，它們自天而降，看來如落英繽紛，又似天女散花，美麗無比！分別來看：那些飄揚在空中的傘，彷彿一隻隻倒吊在空中的花籃，好看極了！

這次空投，所見所歷，的確令人回味無窮！一時興至，曾寫過一篇〈空投記〉，登在《中央副刊》上，那是藉莊子逍遙遊的意思寫成的，和以上所寫的筆調有些不同。

四、跋山涉水的游擊生涯

空投訓練剛結束，緊接著又參加了一項大規模的演習，時間長達兩個月，地點遍及新竹以南、屏東以北的山區，演習的主要項目是游擊戰，還有盟軍和我們併肩作戰，他們是由琉球來的美軍特種部隊。

打游擊——這又是一項新奇有趣的活動，雖不免奔波跋涉之苦，但能日與自然為伍，過過到處流浪、到處為家的游擊生活，倒也蠻有意思的。

一個沒有星星、也沒有月亮的晚上，一輛扯著帆布篷子的商車載著我們在黑夜中的公路上行駛，逐漸駛入山區，路面高低不平，經過大約四個鐘頭的顛簸，終於到達了一個神秘的山谷——這是我們的游擊基地。

到達時已是午夜，而我們預建的營地還在深山裡，只得背負著笨重的行李，在漆黑而崎嶇不平的山路上向深山中摸索，一個多小時以後，才到達那神秘的所在。帶著疲乏不堪的身子，在一個簡陋的草篷下躺下就睡。

黎明，山間群鳥的噪鳴聲把我從夢中鬧醒，起身一看：啊！這真是一個美麗的山谷！只見四山環繞，叢樹聳翠，山澗淙淙，曉霧朦朧，太美了！這山谷。

這一天，我們紛紛深入山林伐木、割草，自己造房子。架幾根樹幹，頂上鋪幾層茅草，地上墊些石塊和乾草，我們的山間「別墅」就這麼大功告成了。偶而有一兩隻山鳥，駐足屋頂，來參觀我們的傑作，也有雙雙蝴蝶，翩然飛來，造訪我們的新屋。這新屋不僅可以聊蔽風雨，而且還富有一份濃厚而可愛的野趣，我就是喜歡這份野趣。這使我想起初中時野外露營的生活，也想起「海角一樂園」裏那個快樂的家庭，不也是這麼投身於自然，與麋鹿為友、共花鳥為鄰嗎？

在這兒訓練了一週，我們學會了如何使用武器，如何爆破橋樑倉庫，如何警戒，如何伏擊，這些都是游擊隊員的看家本領。學會了這些本領，就像小鳥兒長出了豐滿的羽毛，必須離開窩巢，去開闢自己的天地一樣，因此，我們便離開基地，潛入別的山區去發展我們的游擊勢力。

為了保持行蹤詭秘，防止被專和我們作對的反游擊部隊發現，我們總是晝伏夜行，神出鬼沒。最初到達一個濃密的山林裡布置防地，日夜嚴密警戒，怕有敵人來偷襲，因此，我們每天都生活在緊張中。有一次我們得到情報：據說有數百反游擊部隊已到達山下，準備某夜來包圍我們。怕他們發動「拂曉攻擊」，因此，我身為排長，為了「身先士卒」，乃親自擔任天亮以前那班步哨，脅下夾著步槍，彈倉裡裝滿了空包彈，眼睛不斷地環視四方，準備隨時應變。在灰茫茫的夜色裡，一陣風聲、一片樹葉的幌動，都會引起我的懷疑和注意，那種緊張的心情，真有「風聲鶴唳」、「草木皆兵」之感。

眼看著「銀河漸落曉星沉」，「不覺東方之既白」，可是仍不見敵人的蹤影，只徒自虛驚一場。

不久，我們又換駐另一個山頭。換防時，全靠步行，總是在黑夜裡跋涉，從黃昏直走到天亮，身上負重數十斤，包括隨身衣物、軍毯、蚊帳、雨衣、水壺、餐具和武器等等，一路很少休息，老美腿長，體力強，我們真比不上。這種披星戴月、僕僕風塵的生活，我還是第一次嘗到，雖然苦，卻使我體會到真正的軍人生活的滋味。

新的駐地在一座高山頂上，山頂是一個盂形盆地，布滿了相思樹，我們就駐紮在樹林裡。每天晚上，都要下山活躍一番，不是爆破敵人的橋樑，阻斷他們的交通，便是偷襲他們，騷擾他們，然後逃之夭夭。游擊戰術就是這樣：像蚊子，偷偷地叮人一口，便飛逃得無影無蹤。

後來我接獲一項新的任務，由我率領十個隊員，偕同一位美軍士官長韋勃，當夜趕到後龍附近的海濱，準備掩護我游擊隊的情報人員，把一項重要的機密情報渡海送到停泊在海中的一艘商輪上——那是我們游擊隊秘密設置的情報中心。

在一個微雨的黃昏，我領著他們翻山越嶺，長途跋涉。盡走些羊腸小徑和崎嶇的山路，憑著一張地圖和一枚指北針，在黑夜裡摸索。沒想到中途忽然大雨滂沱，這時我們正爬上一座山崗，四週一片漆黑，風狂雨驟，山路又泥濘不堪，簡直寸步難行。我們穿過雜樹，踏過野草，忽然找不到路，迷失了方向，而全身又淋得像落湯雞，寒氣襲人，此刻，我們像風雨飄搖中迷失在茫茫大海裡的船，感到天涯茫茫，不知何處是歸程？

靈機一動，我和韋勃領頭，帶著他們慢慢爬到山頂，環顧四週，終於發現遠處山腰裡有一絲燈光在閃爍明滅，像大海中發現了燈塔，像沙漠裡發現了綠洲，頓時，心靈中閃現出一絲希望之光。我們朝著這燈光走，來到一戶人家，扣門求宿，幸得屋主同情我們這些「風雨夜行人」的辛苦和狼狽，竟慨然應允，於是，我們像沐浴在溫暖的陽光下，雖然是晚上，而且屋外還下著大雨，踏進屋子，在廚房生了一堆火，烤乾淋濕了的衣褲，然後胡亂地就寢。飽受風雨的侵襲，真倦，躺下就入夢了。

第二天雨停了，又繼續前程。在海濱的山頭上我們借住在一家老百姓家。閒來和韋勃聊天，我問他有太太沒有？他從派司套裡小心地取出一張照片，那是他美麗的太太和一個十歲的兒子、一個七歲的女兒的合照，現住柯羅拉多州。韋勃是個深沉而和善的人，看來他頗想念他的妻兒。他不會說中國話，沒事常跟我學些簡單的語彙，像「謝謝」啦，「吃飯」啦，「小姐」啦，咬音還挺準的哩！他那樣子真滑稽，頭上戴頂西部武俠式的寬邊帽子，兩旁向上捲曲，褲腳管的大口袋裡經常裝了一瓶烏梅酒，走路一幌一幌的，有時取出來喝汽水似的喝上幾口，然後稱讚不已地說：「這是你們國家光榮的出品，使你們臉上大有光彩。」有時指指眼前的山頂說：「我們不知它什麼時候會垮下來。」他倒真是個「今朝有酒今朝醉」的樂天者。

又是一個沒有月亮的黑夜，只有星星在眨著眼睛，我和韋勃領著隊員們攜帶輕機槍、步槍、衝鋒槍和手槍，秘密下山，在海邊布署掩護的陣勢，嚴防敵人會來阻撓我們。可是敵軍的消息太不靈通，我們這次詭秘的行動，他們竟毫不知情，居然被我們安全而順利地達到了目的，輕而易舉地贏得了一次勝利。

最令人難忘的，是曾和反游擊部隊打過兩次緊張而刺激的仗。

一次是在那盂形盆地的山頂上。當天明以前大家都還在睡夢之中，忽然聽到哨兵鳴槍，接著是一連串此起彼落的槍聲，我迅速地從蚊帳裡鑽出來，指揮我的部下如何布置輕機槍的位置，如何分散步槍兵的兵力，以達到防禦戰的戰術目的。只見山下樹叢中有成群的兵士向我們的山頭仰攻，我們居高臨下且形勢險要，他們路途生疏，又居劣勢，所以經過一番激戰後，統裁部派來的裁判終於判決他們敗了：被俘五人，死傷十六人，我軍則毫無傷亡，這簡直是一次光榮的勝仗嘛！

這下他們已知道了我們的「窩藏之地」，怕他們第二天會再調集更多的兵力來圍攻我們，因此，當夜，我們又移防了，搬到另一處山頭。「三十六計，走為上計」，我們正用上了。

這是一個地勢較低而略成弧形的山丘，四週叢林密布，也是一個宜守不宜攻的好據點。一天，警戒兵抓到兩名便衣，偽稱是賣香茅草的老百姓，經我們嚴格地審問、搜查與判斷的結果，發現極可能是敵軍的間諜人員，想混進我們的防地來探聽虛實。於是，把他們暫時軟禁在一間民房裡，由於衛兵的疏忽，其中一個不知什麼時候竟被他翻牆逃跑了，這可糟了，他準回去報信去了，料定他們會立刻派大軍來圍攻，果然，黃昏的時候，他們來了。四週響起一片濃密的槍聲，好不熱鬧！有個敵兵真是電線桿上綁雞毛──好大的膽子（撣子），居然單槍匹馬的衝進我們叢林間的防地來，結果被我們活活地捉住了，這傢伙做敢死隊員是夠資格的。我們在山丘頂端布署的兵力和山丘下面的攻擊部隊相持了好久，兩軍吶喊叫陣，槍聲疏疏落落，在山凹裡形成清晰的回音，這場面，這氣氛，像真打仗一樣，好不過癮！交戰結果，雙方都有傷亡，但我軍仍然小勝，真高興！

平常我們都穿著便衣，戴著雜七雜八的帽子，但腰裡也許有枝左輪，懷裡也許有張地圖，從外表看起來，我們有時像個十足的老百姓，有時神神秘秘，真像個不折不扣的游擊隊員。一個多月以來，我們這些「游擊健兒」，活躍在山區裡，活躍在原野上，處處打勝仗，而反游擊部隊（代表大陸上的共匪）卻處處受挫，處處受打擊。最後，我們準備和各地的游擊隊在臺中會師。由清水附近的大度山步行到臺中市郊的大里橋，從中午走到第二天天亮，餓著肚子，足足走了十六個小時，走得筋疲力盡，腰酸腿痛，那滋味真難受極了！好多人都落了伍，我是一向不甘落伍的，勇氣使我忘記了疲勞，忘記了痛苦，我一直「英勇地」走在隊伍的最前面。由於計劃臨時改變了，結果沒有會成師，只派在這兒守了幾天橋，整個演習便就此結束。

兩個月的演習生活，可以說踏遍了山陬水涯、窮鄉僻壤，看了不少好風景，玩了不少好地方，其中最使我留戀的，是苗栗西湖鄉那座美麗的葡萄園。演習結束後，正是葡萄成熟的時候，我曾去造訪過一次，沉浸在葡萄園醉人的風光中，也嘗到不少葡萄的美味，這地方太美了！我真依依不捨。退伍回來，曾寫了一篇文章，就以「葡萄成熟時」為題，以追述那次訪葡萄園的經過，刊在《中央副刊》上。

五、出波入濤的海濱游泳

打完游擊回來，沒多久，又是海上游泳訓練。

每當和朋友們談起一年來的當兵生活時，津津樂道之餘，他們總羨慕而調侃地說：「不錯嘛！嘗過這麼多生活滋味！天上飛過，也滿山遍野的跑過，又在海裡面游過，簡直成了『三棲動物』嘛！」

一個多月的游泳生活，比打游擊要舒服得多，至少安定下來，不再東飄西蕩，像蓬絮或浮萍一樣。

最初是散住民房，和老百姓真正「打成一片」。後來學校放了暑假，才集中住進教室。

每天清晨，當太陽從東山升起的時候，我們便結隊步向海濱。赤著膊、赤著腳，只穿一條紅色的游泳褲，頭上是白色的游泳帽，在廣闊而柔軟的沙灘上先做一段「蛙人操」。在初夏溫煦的陽光下，我們舒展著雙臂，或伏地挺身，或練習各種游泳的基本動作。面對著浩瀚而碧綠的大海，背後是一帶青色山脈，頭頂上是蔚藍的天和成堆成捲的白雲，數百個紅白相間的身子，在碧海、青山、藍天、白雲之間活躍，真是一幅極其美麗而壯觀的畫面！

最令人難忘的，是第一次下海時心頭所湧起的那份無以言喻的興奮。做完了蛙人操，教官一再叮嚀：要特別注意安全囉！要提防鯊魚囉！如果碰到海蜇而突感頭暈嘔吐時千萬別緊張囉！絮絮不休，聽來真煩！安全，怕什麼？死生有命。鯊魚，更不用怕，我們的紅泳褲就是一道靈驗的護身符，鯊魚最怕紅色，一見就逃。至於海蜇嘛，管他的，不會那麼巧就碰上吧？儘管面臨著那麼多危險和威脅，而且同伴之中也不乏和我一樣，是從來不會游泳的「旱鴨子」，但是，卻無以抑制我們想立刻躍身大海的渴念。終於，教官嘮叨完了，我們立即像一群飛出窩的蜜蜂，歡呼著，不顧一切地朝海邊狂奔，奔向大海，也奔向了大自然。

我們浴身在洶湧的海濤中，海水不斷地朝我們身上沖擊，沖淨了我們滿身的泥沙，也彷彿沖淨了我們曾經有過的一切煩惱。海濤滾滾而來，真似「捲起千堆雪」。我們迎向雪浪，擁抱著雪浪，讓浪花在我們懷裡散成無數晶瑩美麗的珍珠，可是剎那間，這些由海水凝成的珍珠又都化成了海水，就像人間許多美麗的東西，原是由無而有，終將由有而歸於虛無一樣，這使我有點茫然，也似乎惹起我幾許輕微的惆悵。

有時風大，海面掀起了驚濤駭浪，我們不敢向深處游，只好在淺灘上弄潮玩兒，或躺在軟綿綿的沙灘上享受晨間溫和的日光浴。

閒來俯臥在沙灘上玩沙。用手向下挖動，立刻會現出一個小小的水窪，連水帶沙，在四周砌成幾座高高的山峰，水窪變成了湖泊，沿湖繞山，鋪設一條蜿蜒的公路，手指劃過，形成一條河流，用貝殼在河上架一座橋，我不知道當年上帝創造世界是否也這麼輕而易舉？

近海潮濕的沙灘邊，往往可以看到成千成萬的小螃蟹，牠們自己在沙地裡營築巢穴，沙灘表面那些大大小小的圓洞，便是巢穴的出入口，洞口四周許多圓圓的小沙球，便是牠們營巢的副產品，一粒粒排列得井然有序，有的像一把散開著的摺扇，有的像太陽輻射的光芒，種種錯綜、美妙的圖案，簡直無法細細描述。

退潮以後，沙灘低窪處留下一汪汪積水，寄生蟹馱著牠們藏身的外殼，在淺水中行進，圓的像田螺，像蝸牛；尖錐形的，如果立起來，真像泰國螺旋狀的佛塔。最大的不知大到什麼程度，最小的卻小得令人難以置信！大約只有一粒在來米的三分之一，在這麼小小的殼子裡，居然還藏得下一個活生生的小生命，這真是生物界的一大奇蹟！

有時，我癡癡地凝望著海，神馳於海的遼闊，海的深邃，只覺得胸懷之間坦蕩蕩的，什麼俗念頭也不想了。在海的面前，一切得失、寵辱，都顯得微不足道，即使人生也顯得渺小，我想起蘇東坡說的：「寄蜉蝣於天地，渺滄海之一粟」。

海濱的黃昏最美！我很喜歡在黃昏時的海濱看日落，看晚霞，聽風聲，聽濤聲。有時，我們帶架相機，想把落日的餘暉和晚霞的瑰麗攝進鏡頭裡，想捕捉那份如詩如畫的美。其實我們多傻啊！自然界無窮的美，豈是一隻小小的暗箱所能容納？更別想捕捉那風聲和濤聲了！還不如把它們攝進心靈，因為只有心靈才能藏得下豐富和恒久的美。

海上經常有風浪，初學的人無法游，因此，後來我們又換到一個民營的海濱浴場附近。那兒有一道天然的防波堤，很明顯的隔成了外海和內海。漲潮的時候，內海吞進大量的海水；

落潮的時候，吐出海水。所以我們游泳的時間就不能固定了，必須隨潮水的漲落而進退，有時天亮去，有時是中午最酷熱的時候，有時傍晚才回來。當外海興風作浪的時候，內海卻平平靜靜，的確是學習游泳的理想場所。

盛夏炎暑，每天在海水中泡泡，確是一種清涼舒適的享受，天天曬太陽，吹海風，泡海水，全身皮膚成了古銅色，像非洲人，把個「白面書生」曬成了「黑炭」。太陽的紫外線真厲害！曾曬脫一層皮。肩頭、背上、大腿上，到處黑一塊，紅一塊，斑斑駁駁。也好，這樣鍛鍊鍛鍊，皮膚抵抗力更強，身體更結實，不也是一筆人生可觀的「財富」嗎？

剛結束第一階段的徒手游泳，將進入第二階段的武裝游泳時，正好退伍的時限到了。也許是不用心，懶得學；也許是自己笨，學不會；主要的還是「有恃無恐」——反正就要退伍了！因此，學了這麼久，一個蛙式還只會悶在水裡游，不會抬頭換氣，看到別人俯仰自如，在水裡悠然自得的快樂，只有羨慕的份兒！其實人本來只是陸上動物，何必跟魚蝦去爭水裡的世界呢？

在水碧沙柔的海濱游游泳，弄弄潮，看看海上落日的奇景，聽聽海濤美妙的天籟，這一個多月的生活，等於是在海濱消夏避暑的，說來也真愜意！

六、寓文於武的排長生活

當排長說得嚴重點是要具有相當指揮統御才能的帶兵官，必須有兩套，才能獲得部下的信服，尤其是在戰場上，簡直是可以左右戰局，舉足輕重的人物。說得輕鬆點嘛，尤其是平時，只是每個月做次值星官集合點名報告人數帶帶隊伍而已，最多偶而負責一點教育訓練的工作。

儘管經過步校三個月的「薰陶」，許多「書生」習氣還是改變不過來。軍人以服從命令為天職，部隊最講究這一套，譬如長官對你說話，你必須肅立而且連聲稱「是」，不能說「好」；對長官說話，不能稱「你我」，必須稱「連長」「營長」……之類。後者倒還做得到，前者實在說不來，連長常交代我什麼任務，甚至團長對我說話，我總是滿口的「好」，而說不出來一個「是」字，總覺得說是有點「卑躬屈節」的味道，實在不習慣。

書生總是不大注意形式，什麼事能隨便就隨便一點，可是軍人卻什麼事都絲毫不馬虎，甚至相當刻板。記得有一次空投訓練期間我做中隊值星，連長是大隊值星。聽完總隊長的「訓」，我把隊伍帶了回來，第一次指揮一百多人的大隊伍，雖然不致「手足無措」嘛，但自信還可以應付，我指揮他們成連橫隊四個中隊兩兩重疊成方塊形，結果他們前兩個隊重疊了，後兩個隊卻橫排一線，造成一個不倫不類的形，不知怎麼，我竟懶得去調整隊形，因為剛剛受了總隊長一頓「訓」，站了一個多鐘頭，大家累了，想快點解散讓他們休息算了，就在我反身向連長敬禮的時候，他笑著說：「你這是什麼隊形？」不得已，只好重新調整成連方隊了事。還好連長沒有刮我鬍子，讓我難堪，總算給了我面子。這是第一次也是唯一的一次「出洋相」。

記得在入伍當兵以前，一位服過役的學長，以「過來人」的立場，送了我四個字：「高度忍耐」，雖然我本來就有遇事能忍的性格，但這四個字更能提高我的警覺性。有一次演習，我的排附居然當面質問我：何以分派任務不公平？還說：「就是帶傳令兵也不是這樣帶法！」頗有責備的口吻，措辭態度都極不禮貌，而事實上我是絕對公平合理的，我想：這就是我用得上「高度忍耐」的時候了，我毫不生氣，等他自以為「理直氣壯」的嚕嗦過後，只淡淡的把事情的真象告訴他，要他回去想想誰對。這事就這麼過去了，此後我對他並不因這次小齟齬而有所隔閡，雖然他不說出來，但可以看得出他有後悔的意思，這就足以令我得到安慰了。我最欣賞臺南開元寺彌勒佛前的一句聯語：「大肚能容，了卻人間多少事！」雖然我的肚子並不大，但我總想做到度量大些，隨時寬容別人，不然人生會有許多糾纏不清的是非。

儘管做排長與自己的書生脾氣有這麼多地方不相合，儘管這只是臨時客串性質，但是，我還是努力去做好它，因為「做一天和尚，撞一天鐘」。即使客串也要認真，就好像人生雖然短暫，但在人生的舞臺上，總應該認真扮演一個角色一樣，士兵們不管你是大學生不大學生，今天你做了排長，他只認識你是排長，一切就要像個排長。

一般說來，預官在軍中還蠻吃香的，除少數人軍事動作比較差之外，學識方面一般都強些，我曾擔任軍歌教唱成績不壞。每次論文比賽，我都意外的鰲頭獨占，所得獎金雖然不多，但精神上的收穫是很大的，該是人生一大快事！在合歡山照的幾張雲海雪景的照片，無意中拿去參加展覽，竟囊括了軍團部攝影比賽的冠軍和季軍，則更是意外收穫。

六月間的年終校閱，做排長的最忙。每天練習射擊和戰鬥教練，以準備師部和國防部的初校、覆校和總校，從早到晚，風雨無間，每天在靶場和野外日曬雨淋。好久沒打靶，生疏了，步槍二百公尺九發快放，第一次打的時候，只打中了三發，另外三發上了天，還剩三發沒出槍膛。中靶的三發，一發三分，一發四分一發五分，中靶心的這一發，恐怕是瞎貓碰老鼠似的碰上的。說來也真慚愧！不過後來曾進步到三十一分，聊堪告慰而已。

戰鬥教練分三個科目：排攻擊、排防禦和排充尖兵。每個科目都必須準備熟練，以備上級抽籤受校。這是一次大考驗，步校所學以及指揮統御的能力，都在這裡表現出來。為了不使自己丟臉，也為了替團體爭榮譽，我都很用心、很賣力的去做。排充尖兵的指導官見我指揮若定，處理情況，從容不迫，一再誇我是預官排長裡面做得最好的，這當然是過譽。說來也巧，次日師部初校，我恰好中了這一科的籤，害得我緊張了一天，師長和許多高級長官在旁邊看我表演，我努力鎮靜自己，按部就班的做，總算沒有出差錯。還好，謝天謝地，以後覆校我沒中籤，不然又要窮忙一陣。

做了一年的排長，雖是客串的角色，而且演來雖談不上精彩，但自信還算差強人意。如果功獎能代表成績的話，我曾獲記功兩次，嘉獎兩次，獲頒獎金、獎品十餘次。對我個人來說，主要的收穫，還是在增加了不少難得的生活經驗，體會到軍人生活的滋味，也更深刻地領悟到人生的意義，以及得到許多接近自然、鍛鍊身體的機會。

退伍之前，團部歡宴我們，團長公出，由副團長作主人。這位到任不久的副團長，豪爽、健談，笑容滿面，充分流露出軍人的本色和湖南人的特性。席間歡談暢飲，氣氛十分融洽！在軍中，我們第一次如此無拘無束地和長官相處，真是高興！

師長也曾特別召見。從師部回來，坐在敞篷的卡車上，中途大雨傾盆，全身淋得像落湯雞。想不到當一年兵，最後老天還給我們來個雨的洗禮和考驗，更加深我們對軍中的印象。

離營返家那天，副處長、副營長、連長等親自送我到大門口，幾位僚友更送到火車站，真是熱誠可感！和他們握手告別，當汽笛一聲長鳴，車輪開始滾動，火車緩緩駛出月臺的時候，我探身窗外，向他們頻頻揮手，一年的軍中生活，就在這一揮之間成為過去，從此，我又將迎接未來——不可知的未來。人就是這麼活在過去和未來之間，送走無數個過去，而未來卻越來越有限了。

五十三年九月至五十四年一月・《青年俱樂部》

（註一）Washington Club即W.C.

（註二）步校值星官處分犯過學生的方法。如果任何人犯了過，值星官把他叫到隊伍前面亮相，這叫「照全身相」，如果在教室，犯輕過者只須在座位上立起來，現出半個身子，這叫「照半身相」。

（註三）敝人的學號。

（註四）（註五）皆大貝湖八景之一。

（註六）步校每天早晨吃一個饅頭，過一天便少一個饅頭，大家計算還有多少天畢業，叫做「數饅頭」。

平心走過獨木橋

——拿到博士的那一天

人生的旅程，不管是曲折崎嶇的山間小徑，或寬闊平坦的原野大道，不管是歷盡千辛萬苦跋山涉水，或歷經艱難險阻穿洞過橋，全靠自己腳踏實地一步一步向前走，平心靜氣地應對每一次挑戰，才能安然度過重重關卡，登臨一座座高峰，馳騁那「振衣千仞岡」、「一覽眾山小」的豪情壯懷。

從小學到大學，從碩士班到博士班，一路迤邐而來，走完學業的全程，我的學生生涯竟有漫長的二十四年歲月，堪稱是一段長遠的學習歷程。回顧這二十多年的心智成長、對學術的熱望，及最後幾年的生活甘苦與學思歷程，想來頗與王靜安先生《人間詞話》所描述的三種境界若合符節，雖然還沒有成就他所說的「大學問、大事業」，卻正可套用司馬遷對孔子學問無限仰慕的話：「雖不能至，然心嚮往之。」

昨夜西風凋碧樹 獨上高樓 望盡天涯路

我的國學基礎是大學時代奠定的，學術研究的志趣也是那時開始漸漸養成的。就讀師大國文系的四年時光，使我大有如魚得水的適應之感，在許多名師的愛護與教導之下，讓我悠遊於人文世界、學術天地而興趣盎然。不管是經學、哲學、文學或小學方面的課程，我都選得琳琅滿目，讀得津津有味，一種理性的自覺提醒我：根基博厚、均衡發展是最健全的學問之道。

課堂上聚精會神地聽課，是那時最充實美好的時光，就像蜜蜂吮吸花粉、春蠶啃噬桑葉般，總是忙著把老師宿儒們的語言精華、學問精義一一筆記下來，當年這些點點滴滴的紀錄，至今還成疊地保存在身邊，成為永久而珍貴的紀念。大量閱讀學術性及文藝性的書籍，是我課餘最大的消遣，那哥德式建築造型的圖書館，是我經常出入流連的智慧之宮。

大學社團林林總總，而我卻獨鍾學術氣質頗濃的「人文學社」，曾當選總幹事，主編過《人文學報》。參加校外活動，也都與學術有關，如系裡師生組成的「文物考察隊」，到臺南、屏東一帶，踏勘過赤崁樓、孔廟、延平郡王祠、五妃墓、恒春古城及鵝鑾鼻，歸來後由我負責整理資料，編成一本《古蹟文物志》。又如救國團在日月潭辦的「文史年會」，授課的學者都是當時文史學界的飽學之士，如毛子水、屈萬里、梁實秋、沈剛伯、姚從吾、鄭騫、高明、蕭一山、梁嘉彬等，他們對歷史文化的高度關懷與學術上的卓越成就，使我深深折服，而自內心油然興起一股「見賢思齊」的崇仰之心。

就在我進大學那一年，也就是民國四十五年，教育部部長張曉峰先生鑑於中國文化的發揚光大，首在國學人才的積極培養，故首先在師大成立國文研究所碩士班，次年便成立博士班，由高仲華老師負責擘劃創所事宜。大四那年快結業的時候，報紙大幅報導羅錦堂先生成為我國培養的第一位文學博士的消息，主考的是胡適先生，這事曾轟動一時。當時我心中暗忖：繼續念研究所，以融鑄自己的學術生命，當是一條可行的途徑，但只是一番可望而不可即的夢想而已，書海浩瀚，學海無涯，真有不勝企望的心情。

衣帶漸寬終不悔　為伊消得人憔悴

我深知打鐵要趁熱，師大結業後到新竹中學實習一年，便考上研究所，而且名登榜首。為了維持生活，一面攻讀碩士，一面參加《中文大辭典》的編輯工作，一面在二女中（今中山女高）兼課，還得圈點幾部國學典籍，生活過得忙碌而充實。每天騎著腳踏車，穿梭於遼寧街、長安東路、新生南路與和平東路之間，衝勁十足地兩年便完成碩士論文《歷代詞話敘錄》，由詩人李漁叔老師指導。

畢業當年又順利考上博士班，保留學籍去軍中服役一年後，又開始沉溺在故紙堆中，找尋學術文化的生命力。所長林老師給我一個機會讓我選擇：到所裡任助教，或領取獎學金，我選擇了後者。約莫讀了兩年，學分修完了，學科考試及第二外國語——德文也通過了，從此可以專心寫論文，這時系裡需要教學人力，遂受聘為專任講師，在板橋國文專修科講授詞選及文法。為了兼顧教學與研究，修業時間不得不延長到六年。

向指導教授高仲華老師請益博士論文題目時，我表示想寫陶淵明，老師搖搖頭，給我三個題目讓我選：「禮記舊疏考證」、「穀梁范注發微」、「短長學新探」，所謂「短長學」是指戰國策士說短道長的《戰國策》一書，講權謀智略，雖然有趣，不為我所喜。取《禮記》舊疏加以考證，一定枯燥乏味。三傳中的《穀梁傳》是比較純謹的魯學，思想最接近孔子，也最接近自己的性情，因此，三天後我回復老師：決心研究穀梁。

碩博士論文從詞話到穀梁，這一轉變卻注定我一生的研究方向：兼攻文學與經學，至今沒有改變。經過一段四處尋尋覓覓搜集資料的生活，常光顧南海學園的中央圖書館與南港中央研究院史語所的傅斯年圖書館。那時沒有影印設備，也沒有電腦檢索服務，所有的資料全靠一枝原子筆、一本筆記簿抄寫謄錄，一整天也抄不了多少，比起現在取得資料的方便快速，真是不可同日而語，我常告訴現在的研究生：「你們比我幸運得多！」

待資料漸漸搜齊了，便開始整理資料，撰寫論文導論部分，然後摘取《穀梁傳》本文、晉人范甯的注文、唐人楊士勛的疏文、間取清人鍾文烝的補注，及歷代各家的論說，先逐條作分析，再依內容分類歸納，分別納入論文的章節體系。捨不得花錢買卡片，裁取多餘的考卷或講義，以反面來廢物利用，倒也方便省錢。每天課餘便伏案工作，幾年沒看電影報紙，日夜寢饋其間，用志不紛。忙累中形容自然消瘦，卻也身輕如燕。

眾裡尋他千百度　驀然回首　那人卻在　燈火闌珊處

從大學到研究所，一頭鑽進書堆裡，竟忙得沒時間談戀愛，一方面也沒有機緣，直到博士班後期，才騰出時間享受戀愛的芬馨，也成為學業上一往無前的無形助力。有些學長結婚生子後再念博士班，忙得「奶粉與尿布齊飛」，我不願如此狼狽，寧可晚點結婚，直到寫完五十萬字的博士論文，才與相識一年半的女友走上地毯的那一端，兩位指導教授是現成的介紹人，請所長林老師福證。

碩士論文口試是三堂會審，博士論文評定考試，口試委員擴增到七人，威脅大為增加，氣氛也緊張不少，而且必須先後通過兩關，學校先考一次，然後教育部再作最後的評定，過程既繁複又嚴格。為了熟悉那裡口試的經過，了解如何回答問題，以求心理上的適應，曾悄悄到教育部去旁聽李雲光學長的口試，在旁聽席上諦聽緊張的過程，覺得受試者好像在走一座獨木橋，是一番嚴酷的考驗。

民國五十九年四月間校內考試，口試委員除所長、指導教授，另有戴靜山、熊翰叔、程旨雲、鄭因百及華仲麐先生，由戴先生擔任主席，他們都是學界前輩，個個都學富五車，真怕他們問的問題答不出來，果然鄭先生問古代有兩個徐邈知不知道？我老實說不知道；又問鄭康成的老師是「第五元」還是「第五元先」？我也無法確定。熬過三個小時後，終以九十三分獲得通過。

教育部的評定口試，訂在同年七月十八日，這是我學術生命史上關鍵性的一天。當日天氣晴美，陽光璀璨生輝，妻一早陪我從景美乘計程車到教育部，一路心神舒爽，好在有過一次體驗，心情也篤定一些，但仍不免有點緊張。上午九時進入試場，這次換由臺靜農先生擔任主席，委員少了程、華二師，而多了《春秋》專家陳槃安先生，真擔心他會有不同的立場，讀他早年著作《左氏春秋義例辨》，闢頭便說：「《春秋》，史也，非經也。」而穀梁解經，向有義例，沒想到先生並未堅持他當年的主張，總算鬆了一口氣。其他委員的問題都不難，沒有緊迫釘人的追問，只有溫煦和平的指點，感謝他們的慈悲為懷，讓我獲得全票通過，而安然走過狹長的獨木橋，心底自然泛起一陣平靜的欣喜。

考後照例由教育部設宴款待全體委員，所長景伊師以能飲聞名，他有一個不成文的規定，獲得通過的考生，必須敬每一位座師或業師三杯酒，那天第一次一連喝了三十杯紹興，居然也沒醉，後來我還有點酒量，大概是那時訓練出來的。看來這才是最後一關，其難度似不亞於口試。

回首向來蕭瑟處　歸去　也無風雨也無晴

當年曹雪芹寫《紅樓夢》，人說「十年辛苦不尋常」，古人參加科舉考試，往往得費「十年寒窗」的苦讀功夫，經過「三更燈火五更雞」的煎熬，方才可望博取功名。如今博士論文口試意義雖不同於科舉，而我的苦學生涯，如果從大學算起，竟長達十二年之久，這番甘苦備嘗的奮鬥歷程，都是歲月和辛勤的累積，在付出長期心力耕耘後所得的豐實收穫，得衷心感謝所有教育指點我的師長。如今回味當初情景，有點蕭瑟的秋風已然飄逝，往事如煙雲般飄渺，心境早已平淡得如東坡所說：「也無風雨也無晴。」

八十三年三月四日・《中央日報・長河》

從苦難飄泊中來

——我所走過的路

盧溝橋的槍聲揭開了抗戰的序幕，無數熱血青年奮起禦侮，保國衛土，許多善良的百姓，從此家園破碎，骨肉離散，流亡於烽火大地，度過連年苦難的歲月。父親離開南京，棄商從軍，在空軍擔任地勤工作，駐軍湖南芷江。母親帶著年幼的我和瓊妹，溯長江而抵漢口，順粵漢鐵路南下，先到湘鄉永豐，在外婆家住了兩三個月，然後到湘西芷江，與父親會合。

我在芷江讀空軍子弟小學，為了避免敵機轟炸，學校設在離城外三里半路的深山幽谷中，那時家住東城牆腳，每天得徒步走過崎嶇蜿蜒的山路，縱橫交錯的田間阡陌，甚至經過荒郊野墳，小小年紀，居然不覺得累和苦，也不知道害怕，只是一次被村狗追趕咬傷，一次被鐵絲網絆倒，兩度驚惶，印象十分深刻，至今小腿上還留有清晰的疤痕。

山野只有泥土道路，下雨天可就辛苦了，雨小穿釘鞋、戴斗笠便可上學；如果大雨滂沱，便需一手撐著油紙傘，一手扶著書包，與強風勁雨搏鬥，赤腳在泥路上跋涉，步履異常艱難，有時深陷泥淖，甚至有不能自拔之苦，若遇上雷電交加，獨處荒山僻野，天地茫茫，尤其倍覺恐懼！

跑警報的經驗是夠令人怵目驚心、也終生難忘的，有時躲在防空洞裡老半天，敵機輪番轟炸，成群的男女老幼在洞中擠成一團，空氣幾乎令人窒息。有一次，剛拉完空襲警報，緊接著拉緊急警報，父親正在上班，母親慌忙拉著我和妹妹，拼命往屋外田野跑，肚子裏還懷著培弟，步履踉蹌地奔走逃命，這時日機已很快地飛臨頭頂，忽然一顆炸彈在眼前開花，一時塵土破片飛濺，嚇得母親面如土色。驚悸之餘，好不容易移步到附近人家屋簷下，天色黑了，天空探照燈交織掃射，信號彈此起彼落，飛機聲、高射砲聲、炸彈爆炸聲不絕於耳，只聽母親雙手合十，聲音顫抖地喃喃祈禱：「救苦救難觀音菩薩！救苦救難觀音菩薩！」

當日軍逐漸逼近湘中，芷江曾一度告急，空軍眷屬被分批疏散到貴州，全家除父親外，都坐在木炭貨車封閉的車廂內、堆積的行李上，車子由崎嶇的山路緩慢向前爬行，一路顛簸下來，個個暈車嘔吐，真是受罪！經過幾天才好不容易到達貴陽以東的黃平。借住民家幾個月，當地苗族都由男子在家裡帶小孩，女子卻下田耕種，粗活無所不能，我們看這風俗真是陰陽顛倒，好生奇怪！不久時局安靖，又回到芷江。

抗戰末期，常能在地面撿到從飛機上灑落的傳單，而得知世局的變化，如珍珠港事件、波茨坦宣言，乃至美國空軍在廣島、長崎投擲原子彈、蘇聯對日宣戰、日本無條件投降，八年艱苦抗戰終於贏得最後勝利，這時我剛讀完小學四年級，父親調職第四軍區司令部，隨部隊先行，我們則隨軍移往漢口，母親帶領三個孩子，由永豐老家經長沙赴武漢，路上旅費用盡，流落長沙，只好接受「聯合國善後救濟總署」的難民救濟，母親每天率領我們去排隊領稀飯饅頭吃，幾百人一起在一間大廠房裡打地舖過夜。到了漢口不久，又與母親乘招商局江華輪順長江東下，被接回南京與久別的曾祖父母團聚，進入珠江路一所「私立育民小學」讀五年級。

戰後在我誕生的南京城住了一年多，常去攀登號稱龍蟠虎踞的石頭城，也曾流連於新街口的鬧市，沈迷於夫子廟的雜耍，在燕子磯上看長江水面的片片帆影。那時年紀小，還沒讀過唐詩宋詞，不懂得感慨六朝金粉、秦淮畫舫的歷史滄桑，雖然當時到處是勝利還都的歡欣氣象，但金陵城畢竟是一個史跡斑剝的古都。

再度回到漢口時，就讀於「市立和平區第一中心國民小學」六年級。漢口號稱九省通衢，市面極為繁華，而我家住在安靜的舊日本租界內盧溝橋路，長江就近在咫尺，黃昏常去江邊漫步，江水滔滔、波瀾壯闊的景象，曾給予少年時代的我不少綺夢遐想，也引發我寫下第一篇散文習作「揚子江之戀」，發表在一份油印刊物上。

三十七年小學畢業後，又隨父親服務的部隊飄泊到湖南衡陽，住在湘江南岸，對岸便是回雁峰頂的回雁塔，湘水已經夠溫暖，所以秋日北雁南飛，只成群地繞塔頂盤旋，不再飛向嶺南。常在江邊見到一群群南來的大學流亡學生，他們男女相偕而遊，或輕鬆地吹奏口琴，或慷慨地高唱歌曲，散發著幾許青春活力與豪情，令我心底十分羨慕，不知幾時也能成為神氣瀟脫的大學生？

共黨作亂，紅禍迅速蔓延，全家又遷往廣西柳州。在城內柳侯公園中，看到唐代柳州刺史、大文學家柳宗元的衣冠塚。園內常有猜謎活動，我對謎語深感興趣，就是那時開始培養起來的。又常往附近圖書館看報紙、雜誌及小說，易卜生的《傀儡家庭》、巴金的《激流三部曲：家、春、秋》等，便是那時似懂非懂看完的。

政府遷臺後，我家也在三十八年底，乘空軍軍機飛抵臺南，繼而住進虎尾眷區，不久又搬到臺北空軍眷舍—光復東村，一住便是三十幾年，魏子雲先生和韓國詩人許世旭兄曾是鄰居，去年世旭路過那兒，因為村舍將拆除改建高樓，只見斷垣殘壁，空無一人，曾感慨唏噓良久。

從漢口小學畢業，到避亂來臺，四處飄泊了兩年，也失學了兩年，自幼喜歡讀書的我，初來臺北時，常花一個多小時步行到新公園的省立圖書館，如飢似渴地大量借書看。空軍當局為安頓官兵子弟就學，紀念周至柔將軍對空軍建軍的貢獻，在屏東東港大鵬灣，創立一所「空軍至公中學」。

至公中學靠近海濱，日落時晚霞滿天，海面浮光耀金，璀璨奪目；夜間星月交輝，海上銀波蕩漾，別是一番靜穆景象。在這樣寧靜優美的環境裡，好好地讀了三年書，遇到兩位影響我極深的國文老師：一位是莊述章老師，一位是胡自逢老師。

莊老師舉止瀟灑，風度儒雅，講書細膩而富情韻，言詞溫潤而有魅力，處處煥發著一股高華的氣質。胡老師謹厚踏實，方正不阿，講課詳盡深入，一課「長恨歌」講了一個多月，將明皇、貴妃的悲劇故事，闡發得淋漓盡致。對學生愛護有加，督教嚴厲，三年級擔任我班導師，每天四點半就起床陪我們早讀，同學莫不兢兢業業，黽勉力學。平常考試時，實施榮譽制度，沒有老師監考，當時我擔任班長，自動去教務處領取試題試卷，考完收齊送給老師批閱，從來沒有人作弊，而每週全校性整潔、秩序比賽，班上也經常保持第一，在老師精神感召之下，個個都力爭上游，盡力爭取最高榮譽。

那時由佟震西先生主持校務，由於他全心全意，精勤擘畫，不辭辛勞，到各處去禮聘最好的老師，因而校務發展蒸蒸日上，校風也純樸進取，屏東縣各種比賽活動，無論作文、漫畫、壁報、籃球或童軍露營，莫不鰲頭獨佔，於是至公中學的名氣大振，一時成為屏東地區的明星學校。

至公中學連續辦了十八年，有二十屆學生畢業，起初是純粹的空軍子弟中學，只收男生，後來也招女生，並兼收非空軍子弟。最後一任校長，就是現任華視訓練中心主任陳邦夔先生，由他親手交還政府。前些年校友們因感懷師恩，念舊情深，組成校友會，推我做會長，每年暑假在臺北集會聯誼，佟校長滿頭銀髮，步履蹣跚，年年都不辭旅途勞頓，由孫女陪同，老遠從南投來，殷殷期勉校友，令人感動！校友們也遠從屏東、岡山、臺南或花蓮前來赴會，當年師長同學，濟濟一堂，相聚歡談，往事歷歷，令人無限懷念！

由於胡老師的嚴格管教，打好堅實的學業基礎，因而我一舉考取師院附中（後改師大附中）。附中的自由學風，使我眼界大開。加上名師如林，學生素質優秀，所以傑出人才輩出。高四十班同學，如今在國外多卓然有成，如航空科學家邢福鉅博士，便是當年寫得一筆長仿宋字，常在一起辦壁報的夥伴，又如數度回國協助興建核能電廠的朱楠成博士、今年國建會領隊學人柯如甦博士等，都是佼佼者。

高中同學大多志在理工，我卻獨鍾人文。那時師範大學大師雲集，學風淳樸，心裡十分嚮往。由於家境清寒，讀不起一般大學，而師大有公費待遇，故畢業後參加聯考，以第一志願考取師大國文系。這四年學得極為紮實，接受許多名師教誨，奠定了國學的基礎。雖然老師們都已先後作古，他們的諄諄教言，彷彿還在耳邊，回憶當年師恩，教人長懷傷感不已！

師範生公費微薄，生活自然清苦，衣服有了破洞，得自己用針線縫補，每個月只領到十塊錢零用金，除了用來理髮、買肥皂、衛生紙和寄信之外，得省下一塊五毛錢來看場校園電影，或吃碗龍泉街（現在的師大路）的牛肉麵，那是當時唯一的娛樂和莫大的生活享受，若是遇上牛肉麵漲價，海報欄準會出現希望大家罷吃的呼籲，作為聯合抵制的一致行動。

埋頭用功讀書，心無旁騖，努力贏得優良成績，以獲取獎學金，是我大學生活最大的願望，間或也靠課餘寫作的稿費收入，維持大學時代的經濟生活，臺大張健教授當年也是班上用功最勤、寫作能力很強的一位。

偶然也參加社團活動，曾當選國文學會理事長，為全系同學服務；做過人文學社總幹事，主編《人文學報》，請過梁實秋、錢穆、高明諸位先生寫稿。那時人文學社的活動高潮已過，當年牟宗三先生講哲學，潘重規先生講四書，陳致平先生講歷史而轟動社會的盛況已不可見，但昔日那種濃厚的人文精神與學術風氣，依稀餘留些許氣息。

大四快結業時，沒準備考研究所，同寢室的幾位，每天去圖書館看書，到深夜才回來，這才警悟到：他們原來在臨陣磨槍，看看只剩一個月時間，我也匆促披掛上陣，不料文學史有一題完全沒答，結果慘遭滑鐵盧。深知考試全靠實力，那有僥倖成功之理？於是實習那年在新竹中學，痛下一番功夫，重整旗鼓，預備捲土重來，次年終於登上榜首，總算盡雪前恥，奮鬥有成。

讀碩士班全靠獎學金和兼課所得過日子，每天忙著上課、點書和教書，生活節奏緊密，幾乎沒有半點空隙。所長景伊師介紹我拜謁鄉先輩詩人李漁叔先生，跟隨他學詩，並請他指導碩士論文。漁叔師詩才敏捷，書畫兼精，常在他家領受一份中國文人特有的風韻，和老師關顧學生的無私溫愛。可惜天不假年，竟於六十八歲便遽歸道山，後來門生在他觀音山墓地建碑紀念，聊盡一番心意而已。

碩士班畢業後，在軍中服預備軍官役一年，受景伊師看重，繼續讀博士班。那時圈點十三經注疏是繁重的課業，六年中，在林景伊、高仲華老師的指導下，完成了一部五十萬言的博士論文：〈穀梁范注發微〉。屬於經學中的春秋學範圍，算是一門冷門的學術。冷僻的路總要有人走，何必盡趕熱鬧呢？

三位指導老師，是我此生感念不盡的，漁叔師的詩，景伊師的聲韻，仲華師的經學，都是我深心景仰的，他們引領我進入古典文學的殿堂、中國學術的天地，怎能不長懷感恩之心呢！

在母校師大讀書十二年，服務二十多年，由於長期的化育與濡染，對「誠正勤樸」的校訓和純樸的校風，總有一份偏愛，更有一份特殊的感情。如今承乏系務所務，中國幾千年的學術文化傳統，系所以往的教育成就，老師們過去教誨的恩典與治學的風範，在在引導著我對未來的開拓，懷抱著一份深重的責任心與高度的使命感，我想：現在是我回饋與感恩的時候。

七十七年九月十三日・《中央副刊》

艱辛歲月與書生生涯

——繁華猶記來時路

中國近代的幾番動亂與變局，是民族共同的苦難與坎坷，尤其是半世紀前的抗日戰爭與接踵而至的紅禍蔓延，大陸變色，使全國同胞骨肉離散，家庭破碎，使整個國家、山河染血，傷痕纍纍，而我出生之後幾年，正好遭逢這個動亂時代，經歷這段艱辛歲月。

我的童年生活，是在飄泊的日子與逃難的人潮裡、警報的呼嘯與炸彈的爆裂聲中度過的。記憶最深的莫過於在湘西邊陲的芷江躲警報的經驗，當警報聲嗚嗚響起，城裡人扶老攜幼，出城向郊外逃避空襲，不時地打聽消息，這次有多少架飛機？有人隨口說：「九十一架」，嚇得大家面如土色，腳軟眼花，後來才知道：只有一架偵察機飛過而已，原來是「就是一架」的誤傳，害人虛驚一場。

有時飛機低空掃射，機槍流彈四處飛散，傷人無數；有時飛機從頭頂上呼嘯而過，眼看著一連串炸彈紛紛落地，於是牆塌屋毀，甚至被夷為平地。空襲中驚險緊張的鏡頭，常令人心驚膽顫，父親有一次便遇到炸彈就在身邊不遠處開花，濺得滿頭滿身都是泥土，而破片像飛鏢一般迅速飛過來，旁邊的人手臂當場被切斷，父親嚇得全身發抖，但卻安然無恙。警報解除後，發現附近死傷狼藉，而炸彈坑巨大得像一方沒水的池塘。

去貴州逃難的艱苦旅程，也是終生難忘的記憶。乘坐燒木炭的貨車，在崇山峻嶺間盤旋，在崎嶇不平的山路上顛簸，遇上陡斜的坡路，貨車爬坡的馬力不夠，全車的人都得下來幫忙推車，後車輪下方還得不時用三角形的軔木上一步墊一下，車行速度比步行還要緩慢。駛到荒山野嶺，幾十里不見人煙，看看天色快黑，好不容易才找到一家路邊小店，大夥隨便買些食物充飢，晚上擠在一堆就地而臥。從晃縣西行出湖南西境，經過以出產洞簫出名的玉屏、有「黔東門戶」之稱的鎮遠，到達貴陽東邊、苗族聚居的黃平，十幾天的艱苦行程，弄得個個疲憊不堪。

戰時物資的匱乏、生活的艱辛，是豐衣足食的今日無法想像的。那時吃的是糙米飯，用豆油燒菜，以桐油點燈，穿草鞋上學，制服用的是土黃色粗質的紫花布，最好的布料是深藍色的「陰丹士林」，布料邊緣橫印著「包不退色」四個字，有人買到假貨，向布商理論時，老板卻反過來念成「色退不包」，顧客也只好啞口無言。物質生活如此，但大家一條心，絲毫不以為苦，反而意志堅強，精神昂揚，許多慷慨激昂的抗戰歌曲，如「抗敵歌」、「大刀進行曲」、

「保衛大黃河」等，唱遍了前方後方，也唱沸了同胞的熱血。

美國空軍威力無比的兩顆原子彈，分別投擲在日本廣島和長崎，迫得侵略者不得不向盟軍投降。勝利的消息傳遍大後方，千萬離鄉背井的遊子欣然還鄉，尋找劫餘倖存的骨肉，重整殘破的家園。父親奉命調職漢口第四軍區司令部，母親攜帶三個兒女，取道家鄉永豐，停留長沙，曾住過難民營，靠救濟過流亡生活。

在漢口住了一段時間，南京的曾祖父很想念我們，來信要我們回京，並派人買好招商局江華輪船票來接。劫後的曾祖父課亭公已高齡七十七，頭顱特大而不留鬍鬚的容貌，酷似吳稚老。常替他搥背，書房懸著一副對聯：「書有未曾經我讀，事無不可對人言。」至今印象深刻。他老人家十六歲便隻身由湖南來京闖天下，以擺藥攤子而逐漸興旺，在太平橋經營頗具規模的「三元堂國藥號」，自己又嫻習岐黃之術，因而懸壺濟世，成為京師的名醫。

抗戰結束後，國人剛得到喘息的機會，不旋踵而內戰爆發，赤氛漫天，戰禍又啟，中國啊！中國的苦難何時了？又開始動亂的年代裡，我在南京讀完新民小學五年級一學期，又轉到漢口繼續讀完小學。在漢口住的是舊日本租界，日本僑民帶著戰敗後的沮喪回國，空留許多日式房屋，令人唏噓空嘆！記得畢業前上最後一課時，思想左傾的音樂老師用嵌字聯語調侃我們說：「畢竟是條死路，業無半點生機。」我聽後不以為然，便不甘示弱地回以：「畢竟不凡，業已開端。」

去衡陽之前，先回老家永豐住了幾個月。永豐是個純樸的小鎮，一共只有一條長街，分為天清、地臨、人壽、和風四總，外婆家住在人壽總，在一長進家宅的前方，臨街的店面出租開染坊布莊。春節在店前看舞龍舞獅，還有蚌殼精、採蓮船、踩高蹺等民俗遊藝，爆竹聲震天價響，人群雜遝，熱鬧非凡。屋內牆壁上還依稀殘留著二舅畫的三國人物形象。屋後的清溪遠山，平疇沃野，風光如畫。

衡陽曾被定為抗戰紀念城，我們住在湘江南岸，對面就是著名的回雁峰，峰上聳立一座回雁塔，常見北方成群的鴻雁南飛至此，迴旋於峰頂塔尖，久久不去，蔚為奇觀。這光景為我今日講古人詩詞，如高適的「衡陽歸雁幾封書」、范仲淹的「衡陽雁去無留意」，增添一個親睹的見證。

住柳州的那段日子，記憶最深的是柳江的浮橋和柳侯公園內的柳子厚衣冠塚。常在市街流連，江畔徘徊，公園中遊玩，駐足看市民的雜耍，最吸引我的是魔術表演和燈謎遊戲，令人目不暇接，也覺得趣味盎然。

從母親口述得知：我滿週歲那天，全家圍在一起看我「抓週」。滿盤子琳瑯滿目的東西：算盤、剪刀、竹尺、毛筆、紅紙包的雞蛋等等，五花八門，一歲的我，偏偏不揀好看的紅紙包蛋，也不拿好玩的珠珠算盤，而伸手抓住一枝毛筆不放，也許註定這輩子過的是書生生涯。

曾祖父行醫餘暇，晚間常令我膝下靜坐，教以唐詩及《三字經》、《百家姓》、《千字文》等舊時童蒙讀物，兩三歲竟能琅琅上口，背誦如流，因而在我小小的心田中，撒下了喜歡讀書的種子。有時整天躲在樓上房間裡看書入神，有一次家人再三催促下樓吃飯，拖延良久下樓，不小心從樓梯上翻滾下來，額頭上摔了個大洞，至今痕跡還依稀可辨。

小學一二年級，導師選我當小小圖書館館長，負責管理圖書，因而《大人國》、《小人國》、《天方夜譚》、《愛麗絲漫遊奇境記》等有趣的圖畫書和故事書，得以飽覽無遺，感到快樂無比！三四年級常得作文比賽首獎，文章被公布在成績欄，因而深得導師婁采蘩女士的賞識和關愛。

在漢口讀小學時，學校圍牆外就有一排租書攤，曾一度沉迷於連環圖畫書。那時的連環圖畫不像現在畫得這麼草率粗糙，內容不是色情就是暴力，那時往往由名家如趙宏本等執筆，不但畫得純熟逼真，生動有趣，而且內容多是仗義行俠、劫富濟貧的俠義故事，每一本都引人入勝，都讓我看得津津有味。

住柳州的時候，過了中學招生的時間，沒學校可讀，只得常到當地圖書館借閱文藝小說，巴金、老舍、茅盾、魯迅的小說作品，一連讀了好幾部，而且已經習慣看長篇，每本小說的故事和文筆，都對我有莫大的吸引力。

到臺灣的第二年才就讀初中，進入設在東港的「空軍至公中學」，學校設在大鵬灣的海濱，藍天白雲，落日鎔金，煙波浩淼，星月交輝，如詩如夢的美景，在如詩如夢的年齡，曾給我許多綺夢遐想。這時開始讀更深的西歐小說，如溫索爾的《琥珀》、果戈里的《死魂靈》等，也不知是否真的看得懂？偶然寫了一篇寫景散文〈海濱的黃昏〉，作品第一次用鉛字刊印在《學生半月刊》，引發我連續寫作的興趣，而校內外作文比賽時時得獎，也給我增添不少信心。

考上師院附中（今師大附中），那三年高中生活，是讀課外書最多的年代。高四十班的同班同學，大都有志學理工，而我卻依然我行我素，獨自沉醉在文藝和學術的世界。平時書包裡除了課本之外，不是《俠隱記》、《基度山恩仇記》，就是《風蕭蕭》或《藍與黑》，要不然就是胡適、錢穆、蔣夢麟、羅家倫、林語堂的書。

最感念初中畢業時，胡自逢老師在我的紀念冊上的題辭：「頤情志於典墳，運匠心於翰藻。」這番勉勵，使我終身難忘。以第一志願考上省立師範大學（五十六年改國立）國文系就讀，在私衷仰慕的國學前輩與著名學者的授課指引之下，優游於浩瀚的國學領域，四年學得紮紮實實，而且如飢似渴地吸收鑽研，一時有如身在寶山，得窺宗廟百官之美富。

那時師大大師雲集，名家如林，如今回想起來，接受教益最多的，當是高笏之老師的文字學、鐘鼎文與詩經，許詩英老師的國文文法與聲韻學，林景伊老師的訓詁學，高仲華老師的文心雕龍，孔達生老師的禮記，程旨雲老師的論語及左傳，巴壺天老師的詩選，李辰冬老師的新文學概論，張起鈞老師的哲學概論，他們的風範和學養，令人懷念難忘。

師範生的公費奇低，別說沒餘錢買書，一個月的零用金少得可憐，如果沒有獎學金挹注，生活真夠艱辛。學校的伙食很差，一個月吃不到一點葷菜，要到月底才加一次菜，通常是一塊肥肉，皮上還帶幾根豬毛。窮大學生生活倒也過得快樂充實，那座羅馬式門柱的古典建築——師大圖書館，是我經常光顧流連的地方。周末夜晚，宿舍往往人去樓空，那是約會的時刻，而我卻常與心儀的古人相約，獨享書卷之樂，一點也不寂寞。

研究所碩士班讀了兩年，博士班讀了六年，學位論文則由文學而轉攻經學領域，因為文學是我的興趣所在，而經學則是知識分子的責任所繫，所以兩者我都關心，至今我仍維持對文學的深愛，對中國文化的一份關懷。研究生時代，仍舊生活在書堆裡，因為要圈點古籍，撰寫論文，生活更形忙碌。說來可憐，這輩子理性的讀書生活，拜時代不再動亂之賜，總算一路順利，感情生活與戀愛經驗，雖然小學、初中時已開始有女朋友，卻直到讀博士班時，才初嘗真正的戀愛滋味，也許花開早了會早謝，遲來的幸福更值得珍惜吧！

教書是一種快樂的工作，其樂不只在「得天下英才」，將前人的生活經驗、心靈美感以及對生命至真的體證、至善的人生理念，像薪火相傳一般，傳授給下一代青年，這是何等神聖的精神傳道事業！記得初出茅廬時，在新竹中學實習，心情最為愉快，那些純樸的男學生，如今都已各有成就；後來在二女中（今中山女高）教過的女學生，好多位已成為大學教授或著名學者的夫人；一種園丁或農夫耕耘之後的收穫之樂，也許可以比擬吧！

在師大教書，轉瞬已二十五年，教過的學生不下四五千人，他們都堅守教師崗位，奉獻心力於國文教學，傳播中華文化的種子，廣植青少年的心田。以前做導師時，常邀同學到家裡相聚，一起包餃子、聊天、唱歌、聽音樂，師生打成一片，同享課堂外的歡樂。每逢教師節或新年，從各地寄來的卡片，寫滿了他們衷心的祝福和濃摯的懷念。個別指導研究生做論文，讓他們踏上研究的門徑，進入學術的殿堂，自己好比掌燈的引路人。

寫作是從小的愛好，尤以散文為最。凡生活上有新的經驗，便自然有作品產生，如早年軍中服役時，參加過滑雪、游擊、空投、游泳等訓練，曾在中副寫過幾篇散文，記下這番新奇經歷；前些年到韓國講學，親歷異國風情，也在聯副寫過一連串短文，留下雪泥鴻爪。近年行政職務在身，抽不出空來持續筆耕，真是無可奈何！

學術研究是我的本務，兩度完成學位論文之後，每年總得寫幾篇學術論文，或在學術會議中提出，或在學報上發表，以維持學術生命的長青。範圍包含古典文學、儒學、佛學、或中國文化、人文教育問題。近年積欠不少稿債、書債，但願新的一年能一一償還，放下心頭的負擔。

以往的艱辛歲月，無論個人與國家，都已成為過去的歷史，卻潛藏在我們的記憶深處，也已化為奮鬥向上的力量。回顧來時走過的路徑，當初選擇中文，至今無怨無悔，單純的書生生涯，自有無窮的樂趣，還有待繼續開發。

八十一年元月二十三日・《中央副刊》

卻顧所來徑

——我讀書與治學的歷程

一個人對於終生志業的抉擇，一定有他先天本性、後天環境或機緣等諸多因素。選讀國文系及後來繼續攻讀研究所碩士班與博士班，以至守定國文教育與學術研究的生涯，一路持續下來，對我來說，正是如此。

我從小喜歡讀書與寫作，從小學到高中，接受學校教育期間，大體各科平均發展，而對國文的愛好，興趣始終不墜，成績也居各科之冠，不過有一個明顯的趨勢，就是對數學、理化的學習興趣，隨年齡成長而愈來愈淡薄，對中外文學名著的涉獵與中國文化問題的關懷，卻愈來愈興趣濃厚，尤其高中階段，因此附中畢業那年，大學聯考選組，我毫不考慮地選擇乙組，而且毅然以研究中國文學與弘揚中國文化為己任，結果如願以第一志願考上師大國文系就讀。

當時的社會風氣與一般家長或青年的心理，理工、國貿、醫學、外文是熱門科系，國文或中文是冷門，而我卻避熱趨冷，自有我個人的興趣與理想，一來因為中國文學與中國文化是我情所獨鍾、意所獨許；二來國學天地遼闊，可以任我遨遊，而獲得精神上極大的滿足；三來國學的內涵豐富，所學足以篤定生命的意義與人生的價值；四來生為中國人，自覺對本國語文、文學與文化有一份應該擔當的使命感；五來深受中學國文老師如莊述章先生、胡自逢先生的影響，對他們的學問、風範私衷仰慕。

至於為什麼我沒有選讀其他大學的中文系，而選擇師大的國文系，則是因為一則家境只容許我就讀有公費待遇的大學，可減輕家庭的負擔；二則當時深知師大校風純樸，國文系大師雲集，令人嚮往；三則將來擔任教師，肩負傳道、授業、解惑的責任，不但適合自己個性，也是心目中一種感到可尊敬的職業與事業。

在師大國文系肄業四年期間，對系內所安排的課程，大部分都深感興趣，高鴻縉老師的文字學、許世瑛老師的聲韻學，學得興趣盎然，別的同學害怕聲韻學，每年重修者大有人在，而我兩學期期中考連續獲得滿分，後來考研究所，就以《廣韻》為專書，成績高達九十幾分。三年級又繼續選修高老師的鐘鼎文，研究所則選修魯實先老師的甲骨文，這些學習歷程，與我後來的興趣發展，似乎沒有密切的關聯，其實我的想法與體認是：小學是國學研究的重要基礎，基礎愈穩愈博，則學術生命將愈堅實，後來我寫博士論文，便完全應用上了，足證古人所說：「小學明而後經學明」，是一點也不誇張的。

思想文化課程，論語是程發軔老師教的，一口湖北鄉音，聽來別有趣味；孟子是王偉俠老師教的，王師著有《孟子分類纂注》；學庸及哲學概論是張起鈞老師教的，張師是我哲學的啟蒙老師，後來常蒙他推許及關愛；哲學史是林尹老師教的，內容傾向於學術文化傳統。經學方面：高鴻縉老師的詩經，精於名物詮釋，受益非淺；孔德成老師的禮記、程發軔老師的左傳，也都各有勝場。

在義理、辭章、考據三方面，我的興趣還是比較偏向於辭章，但大學時代我仍理性地從語文基礎到學術文化，獲取不少知能的訓練與思想的啟發。文學課程如龔慕蘭老師的樂府詩、巴壺天老師的詩選、嚴賓杜老師的詞選、汪經昌老師的曲選、成惕軒老師的駢文選、高明老師的文心雕龍、李辰冬老師的新文學概論與文學史，都使我獲得不少教益，導引我往後研究文學的興趣，也奠定了我較深廣的研究基礎。

四年大學期間，從來沒有談過戀愛，因為一來沒時間，二來太麻煩，三來因緣不可求，全部心思都集中在讀書上面，課餘常跑圖書館借閱課外書，幾乎每學期借書證都填得滿滿的，自己也樂於從書本領受心靈的饗宴，感受文字中的情意之美，悟解辭句間的思想之深。暇時假日，在校園的綠樹下，或圖書館一隅，我總喜歡摒除一切，獨自捧書樂讀不厭，既耐得住寂寞，也自覺書中別有天地。

用功是自動自發、也心甘情願的。一分耕耘，當然會有一分收穫，成績因此名列前茅，各種獎學金如教育部中國文化獎學金、救國團優秀青年獎學金、燕京大學司徒雷登獎學金、國際婦女會歷史研究助學金等，使我得以安然度過窮乏的大學生活。連續當了幾年班長，又膺選國文學會理事長，得以有機會為同學服務，並歷練待人處事的經驗。社團活動則只參加人文學社，擔任《人文學報》總編輯，曾向錢穆、梁實秋、高明諸前輩約稿，並有書信往來。

民國四十九年大學結業後，被分發到省立新竹中學實習一年，初度愉快的教學生活。次年以第一名考取母校國文研究所碩士班，平常忙於上課點書。圈點古書是師大的傳統，每個研究生在肄業期間都必須點完《詩經》、《史記》、《荀子》、《文心雕龍》、《說文解字注》等基本古籍，以為未來學術研究立定根基。用朱墨於本文加圈、注疏加點，而且圈必須圓，點必須清楚，不能馬虎，每讀一本都要寫札記，每週由所長親自檢查詢問，不合規定者往往挨訓。

研究所課程中，林尹老師的說文研究、廣韻研究是繼續在小學方面作更深入的探索；熊公哲老師的群經大義、學術流變史、巴壺天老師的佛學概論是義理方面的加深與拓廣；而宗孝忱老師的散文研究、李漁叔老師的韻文研究令人更了解古典散文與韻文的殊勝之處。

我的碩士論文寫的是《歷代詞話敘錄》，以唐圭璋《詞話叢編》所收的六十種詞話為基礎，再搜集二十多本，就作者、內容、體例、版本等一一論述考證，由漁叔師指導，因此而與李老師結緣，成為他門下第一個入門弟子，也常跟他學詩，見過不少名人翰墨畫跡，受惠極深。論文後來稍加修正，由臺灣中華書局出版。

五十二年碩士班畢業，又以第一名考取博士班，經保留學籍，到軍中服預備軍官役一年，然後繼續攻讀博士班。博士班課程更趨向於高深或整合性質，如林老師的古音研究、中國文字綜合研究，高老師的中國文學理論研究、中國文化綜合研究等。點書範圍，也擴大到《十三經注疏》都必須點完。

所長指定我請高老師指導博士論文，我懷著戒慎的心情去謁見老師，表示希望研究陶淵明，老師笑著搖搖頭，接著說出三個題目，讓我任選一個來做。這三個題目是：「穀梁范注發微」、「禮記舊疏考證」、「短長學新探」。回來仔細考慮，考證的學問乏味，《戰國策》非我所好，《穀梁》畢竟在三傳中屬於魯學系統，大義出自孔子，最合儒家純正的學風，便選為研究主題，於是廣搜材料，下帷精研，一面在國專科教書，一面利用教學之餘持續寫作，共費了六年工夫，才完成一本五十萬言的書，後來由嘉新水泥公司文化基金會出版。

從五十九年博士班畢業到現在，二十二年來，我一直守在母校母系的教學崗位，從事文化教育與學術研究工作。教學好比播種耕耘，至今教過的學生人數不下數千人。教過的科目有讀書指導、國文文法、文學概論、楚辭、詩選、詞選、曲選、文學史、論語、禮記、詩經、書經等，不出文學與經學兩大範疇；研究所則教過詩學研究、中國戲曲研究、中國文學史專題研究、中國文學理論研究、群經大義等。

學術研究方面，儒學或經學、佛學、古典文學是我常涉獵的領域，文學研究偏重楚辭、陶詩、唐宋詩詞、元曲等，出版過的著作，除前文提及的碩、博士論文外，有《文學心路》、《論語通釋》、《穀梁著述考徵》、《王守仁》、《古典文學散論》等；與友人合編或合著過《讀書指導》、《歷代散文選》、《詩府韻粹》、《詞林韻藻》、《曲海韻珠》、《詞曲選注》、《詩詞曲賞析》等書。還有兩百多篇單篇論文或散文，近年將陸續集成專書。

教學與研究之餘，常從事學術文化服務工作，如早年曾參與編纂《中文大辭典》、《大學字典》，後來為教育部主編《重編國語辭典》、編審《常用國字字典》，去年又校訂《小牛頓國語辭典》。曾在教育廣播電臺「四書講座」中播講《論語》，繼而製成飛麗唱片，出版專書。與友人共創「中國古典文學研究會」，擔任秘書長四年、理事長四年，召開八次全國性、一次國際性古典文學會議，倡導學術研究風氣；主持「中國文字學會」，召開兩次全國文字學術會議，舉辦兩次「中國文字的未來」座談會，希望促進兩岸文字統一。指導錄製高中、國中輔助教學影帶、詩詞欣賞影帶如「詩歌畫語」、「花間之歌」、「大唐詩風」、「一代名臣范仲淹」

等。主持大學入學考試國文科命題研究小組，推動命題改進研究計畫；主持高中國文科資賦優異學生研習活動，為中文系甄選人才；主持《國文天地》關係企業，為國文教學與文化出版事業獻力。

由中文系所的學生，到中文系所的老師，這段近四十年的讀書與治學歷程，如今回顧來時路，經驗足跡，歷歷在目，或許可供現正在學的中文系所青年朋友參考，數十年來，為國文教育、中國學術與文化，從學習、研究到服務，我只知盡心盡力以赴，自覺這是作為知識分子的職責。

八十一年四月・《國文天地》七卷十一期

人生好比登山峰

——我就是這樣長大的

記得小時候，那是抗戰期間，我在湖南芷江——戰後著名的受降城讀空軍子弟小學，學校設在山區，教室的正前方是操場，操場後面是一座山。校方為訓練小朋友的體力、耐力與毅力，常舉辦登山比賽，看誰先登上山頂，便是勝利者，我曾得過好幾次第一。從那時起，便已養成我登山的興趣和毅力。

抗戰勝利後不久，又遇連年內戰，輾轉漢口、南京、衡陽、柳州等地，隨父親空軍部隊撤退到臺灣，在屏東東港大鵬灣讀空軍至公中學，學校靠近海洋，朝暉夕陽的美景，海闊天空的氣象，與山的高峻厚重不同，卻也養成我博大開闊的心胸。

群山向觀音頂禮

後來在臺北讀師大附中，假日常與同學一起登臨臺北近郊的名山，如觀音山、面天山、七星山、大屯山等，都曾有過我的足跡。登觀音山那次經驗印象最深，那天天氣有陰晴風雨的變化，交通工具則有小火車、汽車、渡船與步行多種。我們從蘆洲上山，一路歌唱談天，欣賞山林美景，在凌雲禪寺略事休息後，繼續攀登山頂，當大夥佇立巔峰時，隔淡水河遙見臺北市區沉溺在滾滾紅塵中，而眼前片片浮雲，自在飄移，群山眾壑，彷彿一齊奔赴而來，向觀音頂禮膜拜，真有「一覽眾山小」的氣概！

因為家境的因素，加上個人欲從事教育文化事業的志趣，參加大學聯考所填的第一志願，是當時學術聲望極為隆盛的師範大學國文系。師大不僅校風淳樸，而且名師雲集，學術氣息濃厚，是我所深愛的學府，四年大學生活，在鑽研書本學問之餘，暇時也常偕同三五友好，以登山為樂，這樣的生活一直維持到研究生時代，仍然興趣不減，只因忙著寫論文，才逐漸投入生活，而遠離山林，其實心中仍不忘丘壑之美。

獲益最多、感受最深的是服兵役那年，我奉派參加寒地訓練，營地設在合歡山山谷，因而有登合歡主峰的奇妙經驗。記得那是一個雪後放晴、微帶暖意的冬日，我和幾位同伴循著山路，在一大片漫山的細竹之間，登上海拔三千四百八十多公尺的主峰，當時的快樂自得之感，真難以筆墨形容。因為孤峰挺拔，高入雲霄，仰臥山頭，看天色蒼蒼，白雲悠悠，俯瞰附近群峰，都匍匐在下，頗有「君臨天下」的氣概，也有陳子昂詩所謂「天地悠悠」之感，令人想像宇宙的無窮，由此激發我對人生意義的省思。

在高峰上生活

合歡山之寒冷是出了名的，冬季氣溫最低紀錄曾達到零下二十度，我們曾經歷零下七度的高山低溫，一時不能適應的人，會覺得胸口悶悶的，有時鼻孔還會流血，稱為高山病。一道山間的流泉，從山上倒懸而下，當時便凝成冰瀑，蔚為奇觀，瀑布晶瑩剔透，彷彿水晶雕成一般，美極了！白天得穿厚厚的棉襖、棉褲、棉襪、長統靴，頭戴有護耳的棉帽，看來十分臃腫，活像愛斯基摩人，晚上睡眠得蓋三層厚棉被，有時還冷得發抖。

在合歡山高峰那一個多月的生活，還有不少奇妙的經驗，最好玩的是在雪地裡滑雪，開始時不會運用雪橇，身體重心一不穩，便跌得東倒西歪，人仰馬翻；後來慢慢熟練了，便滑得輕快流暢，快樂無比。最美的印象莫過於雲海，教官在山腰上課，山谷間雲海瀰漫，有時我們被籠罩在一片白茫茫的雲霧中，伸手不見五指，有時一道彩虹就在眼前，兩手一捧，盡是七彩繽紛的水珠，好美好美！但卻虛無縹渺，一會兒便消逝得無影無蹤。

回顧自己這大半生以來，從幼年、少年、青年、壯年到如今，從學生時代到教授時代，從讀書到寫作與研究學問，一切親身成長的經歷和體驗，真像登臨山峰一般。我的生活與學業歷程，有些許坎坷的逆境，也有一帆風順的時候。早年因身逢戰亂而生活顛沛流離，四處逃難，因而學業時斷時續，直到遷居臺灣後，由於長期沒有戰爭，生活比較安定，才踏上學業的坦途。師大畢業後，在著名的新竹中學實習一年，便以第一名考上母校國文研究所，兩年完成碩士論文，至陸軍部隊服役一年後，又以第一名考取博士班，繼續在學術上深造。

讀書是一條寂寞的路

能持續完成最高學歷，靠的是登山峰一般的耐心和毅力，才能心無旁鶩地努力奮進。我深知讀書和研究學問是一條寂寞而長遠的旅途，耐不住寂寞的人，一定會半途而廢。記得大學時代，多少同學到處兼差兼課，或東玩西玩，把寶貴的青春和光陰都消耗在賺錢和無意義的事情上，實在可惜。那時師大舊圖書館那希臘神殿般的典雅建築內，時常有我出入的蹤影，周末晚上，館內冷冷清清，而我卻往往靜靜地在閱覽室一角讀書，只覺得心中頗有充實的滿足感，而絲毫不以為苦。

書是我從小便酷愛不捨的恩物，早在小學時代，我因為作文成績特別傑出，被老師選為學校「小小圖書館」館長，負責圖書管理，而有機會看很多有趣的故事書，如《大人國》、《小人國》、《木偶奇遇記》、《苦兒流浪記》、《魯賓孫飄流記》、《愛麗絲夢遊奇境記》等引人入勝的書，一本一本看得津津有味，甚至廢寢忘食。小學畢業後失學的那兩年，我在柳州閒住，常步行穿過紀念唐代大文學家柳宗元的「柳侯公園」，到市區圖書館借老舍、茅盾、巴金的小說來看，巴金的激流三部曲——《家》、《春》、《秋》，便是那時一口氣看完的。初中（相當於現在的國民中學）我便開始閱讀西洋文學名著，直到高中仍興味濃厚，於是《簡愛》、《俠隱記》、《悲慘世界》、《黛絲姑娘》、《咆哮山莊》、《傲慢與偏見》、《基度山恩仇記》、《約翰·克利斯朵夫》等，常出現在我的書包裡。後來興趣轉向學問世界，胡適、林語堂、蔣夢麟、羅家倫、錢穆、唐君毅、牟宗三等著名學者的書，也陸續涉獵了不少。文藝與學術兩方面，我都有興趣接觸並深入，奠定我後來寫作與研究學問雙向發展的基礎。

向文學的巔峰邁進

我常隱隱約約地感覺到：在我的心靈深處，有一座無形的山，那是文學世界的高峰，我平常讀書、寫作和研究學問，其實是在登臨心中的那座山，雖然我的成就還沒有到達巔峰，但卻正向嚮往中的高峰邁進，且意境上的高峰是可由深度的涵養達到的。由實際登山的經驗，足以領悟許多人生哲理，中學時的國文老師，曾以古語勉勵我們：「登高必自卑，行遠必自邇。」意思是：要登臨高峰，必然從低處開始起步，要走向遠方，也一定是從近處踏出你的第一步，然後持續不斷地前進，則高峰必然可至，遠方一定可達。正如英國文豪蕭伯納所說：「人生的意義，在認定一個偉大的目標，然後奮鬥不懈地去達成它。」

無論登高或行遠，都需要一步一個腳印，腳踏實地，站穩了第一步，才邁出第二步，如此堅毅地一步一步前進，一路上如有艱難，再以耐心、毅力加上信心和智慧，去一一克服，則無論山多高、路多遠，總會化險為夷，迎向光明、高遠的目標，何況在登山途中，還可一路欣賞好風景，居身不同的高度，便有不同的氣象和境界，不同的人生經驗和感受，而且可以逍遙自適地隨時選擇一處樹蔭休息，享受片刻的清涼，然後再繼續未完成的旅途。

回憶我的讀書生涯，是一段相當長遠的路程，從小學一年級到完成博士學歷，屈指一算，竟長達二十四年之久，光做學生便有將近四分之一個世紀，倒也是一種幸福，清人張潮在《幽夢影》一書中不是說過嗎？「有時間讀書便是福。」因為生性喜歡讀書，書中天地讓我遨遊不倦，書中智慧讓我生命豐實，現在想來，人生的經驗正如登臨山峰，而我一直是以登山一般的精神讀書工作，也以登山的精神追求卓越的生命境界。

八十三年十一月・漢光文化公司：《我們就是這樣長大的》

熙元散文寫作年表

民國三十七年（西元一九四八）

處女作〈揚子江之戀〉發表於一油印刊物，刊名已不復記憶，時居漢口，小學六年級。

民國四十一年（西元一九五二）

以鉛字排印的第一篇作品〈海濱的黃昏〉，是年二月，發表於《學生》半月刊。七月，發表〈綠色的童年〉於《中學生》半月刊。時就讀臺灣屏東東港空軍至公中學。

民國四十二年（西元一九五三）

發表〈愛河之憶〉、〈難忘〉於《臺灣童子軍》月刊。

民國四十三年（西元一九五四）

發表〈故鄉的春天〉、〈觀音山遊記〉、〈友誼〉、〈山河之戀〉、〈靜〉、〈新年的回憶〉、〈夢的詮釋〉於《中國青年》、《附中青年》等刊物。時就讀臺北市臺灣省立師範學院附屬中學。

民國四十四年（西元一九五五）

發表〈追求〉、〈海戀〉於《自由青年》、《戰鬥文藝》等刊物。

民國四十五年（西元一九五六）

發表〈面天山紀遊〉、〈美與人生〉、〈思想與人生〉、〈漫談讀書〉、〈詩的境界〉、〈理想與現實〉於《幼獅文藝》、《海燕文藝》等刊物。

民國四十六年（西元一九五七）

發表〈碧山遊記〉、〈談散文的風格〉於《中國一周》、師大《人文學報》等刊物。後者七十年十月被選入《耕雲的手》，金文圖書公司印行，中國新文學大系之四：「散文理論與創作」，林錫嘉主編。七十五年五月又被選入《青年文藝創作論叢》第三集：「散文創作與欣賞」專輯，文復會臺北市分會文藝研究促進委員會出版。

是年就讀臺灣省立師範大學國文學系。

民國四十七年（西元一九五八）

發表〈談文藝欣賞〉於《師大青年》。

民國四十八年（西元一九五九）

發表〈日月潭心影錄〉於師大《崑崙》雜誌。

民國五十一年（西元一九六二）

先後發表「白雲詞」〈一翦梅〉、〈如夢令〉等五闋於師大《人文學報》，時就讀國文研究所碩士班。

民國五十三年（西元一九六四）

發表〈合歡山上〉、〈柳營春暖〉、〈空投記〉、〈葡萄成熟時〉、〈石門水庫行〉於《中央副刊》。〈「準博士」當兵記〉連載於《青年俱樂部》。時就讀國立臺灣師範大學國文研究所博士班。

民國五十四年（西元一九六五）

發表〈銀色世界〉、〈鷓鴣潭去來〉、〈再遊鷓鴣潭〉於《中央副刊》。

民國五十五年（西元一九六六）

發表〈水上時光〉、〈山間一日〉、〈雅與俗〉於《中央副刊》。

民國五十七年（西元一九六八）

發表〈雲水蒼茫翠湖遊〉、〈細雨濛濛烏來行〉於《中央副刊》。

民國五十八年（西元一九六九）

散文兼文學評論集《文學心路》一書，是年十一月由仙人掌出版社出版，收散文作品十二篇，文學評論十五篇。

民國五十九年（西元一九七〇年）

為李師漁叔隨筆文集《風簾客話》寫跋，是書本年三月由太平洋圖書公司印行。跋文次年二月發表於《學粹》雜誌。

是年畢業於師大國文研究所博士班，獲國家文學博士。

民國六十二年（西元一九七三）

《文學心路》是年五月改由大林書店再版。

民國六十五年（西元一九七六）

發表〈陶淵明的世界〉於《中央副刊》。

是年九月，與王冬珍等教授合編《歷代散文選》，由南嶽出版社出版。

民國六十八年（西元一九七九）

為張夢機教授詩集《西鄉詩稿》寫序，是書由華正書局出版。

為《古典文學》第一集寫序，是書由臺灣學生書局出版，序文發表於《中央副刊》。

民國七十年（西元一九八一）

發表〈月亮與神話〉於《臺灣日報副刊》「中秋節專輯——千里共嬋娟」。

民國七十一年（西元一九八二）

為《聯合副刊》「快筆短文」專欄執筆，自二月至八月，發表〈尋春〉、〈幾度月圓時〉等小品散文十五篇。

發表〈懷鄉曲〉於《中央日報晨鐘副刊》。

是年八月，《文學心路》由大林書店改名《銀色世界》三版。

民國七十三年（西元一九八四）

為尤信雄教授詩集《西堂詩稿》寫序，是書由學海出版社出版。

發表〈中國的情詩〉於《自由青年》。

發表〈花中的君子〉、〈盛唐的田園詩〉於《國語日報》。

民國七十四年（西元一九八五）

以〈恢萬里而無閡〉為題，為中國古典文學第一屆國際會議撰寫前言，發表於《中央副刊》。

以〈論劍臺北〉為題，為中國古典文學第一屆國際會議撰寫日誌，發表於《文訊》增刊。

以〈通億載而為津〉為題，為中國古典文學第一屆國際會議論文集寫序，發表於《中央副刊》。

論文集是年八月由臺灣學生書局出版。

發表〈大地之愛——唐詩中的田園情趣〉於《幼獅少年》。

民國七十五年（西元一九八六）

發表「談文學欣賞與創作」意見於《幼獅文藝》。

發表〈荷花世界〉於《痕與恆》。

發表遊記〈翡翠珊瑚〉於《聯合副刊》。

民國七十六年（西元一九八七）

發表〈和然後利〉、〈國破山河在〉於《中央副刊》。

發表〈形相美與質性美的融合〉於《中華日報》，從中國人的審美觀談選美。

是年八月，受聘兼任國立臺灣師範大學國文學系主任、國文研究所所長。

民國七十七年（西元一九八八）

發表〈文學中的境界〉、〈陶謝異趣〉於《中央日報長河副刊》。

為《中央副刊》「我們走過的路」專欄執筆，發表〈從苦難飄泊中來〉。次年二月，由中央日報出版專書，書名《我們走過的路》，梅新主編。

民國七十八年（西元一九八九）

為地球出版社《唐詩新賞》、革新版《唐詩三百首》寫序。

民國七十九年（西元一九九〇）

〈養鳥記〉一文收於《人間情分》散文集，是書由漢光文化公司出版，李瑞騰主編。

發表〈將軍與僕人〉於《國文天地》。

為先師巴壺天教授遺著《唐宋詩詞選》寫序，是書由東大圖書公司出版。

是年十月，當選為國立臺灣師範大學文學院院長。

民國八十年（西元一九九一）

為地球出版社《唐詩精選百首》、《唐宋詞精選百首》寫序。

是年獲臺灣省文藝作家協會中興文藝獎之文學理論獎，三月二十八日在臺中文化中心受獎，並代表受獎人在典禮中致謝詞。

民國八十一年（西元一九九二）

為《中央副刊》「繁華猶記來時路」專欄執筆，發表〈艱辛歲月與書生生涯〉一文。是年五月，中央日報出版專書，書名《繁華猶記來時路》，梅新主編。

民國八十二年（西元一九九三）

為《普門》雜誌「一句偈」專欄執筆，發表短文〈水滴石穿〉。六月出版專書，書名《一句偈》，由佛光出版社出版，永芸主編。

民國八十三年（西元一九九四）

為《中央日報長河副刊》「拿到博士的那一天」專欄執筆，發表〈平心走過獨木橋〉。

為百川書局《古文觀止續編》選文寫序，序文以〈孕育未來的文學種子〉為題，發表於《中央日報長河副刊》。

為漢光文化公司「博士說故事」專集撰寫〈人生好比登山峰〉一文。十一月出版專書，書名《我們就是這樣長大的》。

為《中央日報長河副刊》「學者觀點」專欄執筆，發表〈馬鶴情緣〉，實為抒寫感懷的散文作品。

三民叢刊書目

㉔臺灣文學風貌　李瑞騰著
㉕干儛集　黃翰荻著
㉖作家與作品　謝冰瑩著
㉗冰瑩書信　謝冰瑩著
㉘冰瑩遊記　謝冰瑩著
㉙冰瑩憶往　謝冰瑩著
㉚冰瑩懷舊　謝冰瑩著
㉛與世界文壇對話　鄭樹森著
㉜捉狂下的興嘆　南方朔著
㉝猶記風吹水上鱗
・錢穆與現代中國學術　余英時著
㉞形象與言語
・西方現代藝術評論文集　李明明著
㉟紅學論集　潘重規著
㊱憂鬱與狂熱　孫瑋芒著
㊲黃昏過客　沙　究著
㊳帶詩蹺課去　徐望雲著
㊴走出銅像國　龔鵬程著
㊵伴我半世紀的那把琴　鄧昌國著
㊶深層思考與思考深層　劉必榮著
㊷瞬　間
・轉型期國際政治的觀察　周志文著
㊸兩岸迷宮遊戲　楊　渡著
㊹德國問題與歐洲秩序　彭滂沱著
㊺文學關懷　李瑞騰著
㊻未能忘情　劉紹銘著
㊼發展路上艱難多　孫　震著
㊽胡適叢論　周質平著
㊾水與水神
・中國的民俗與人文　王孝廉著
㊿由英雄的人到人的泯滅
・法國當代文學論集　金恆杰著
51 重商主義的窘境　賴建誠著
52 中國文化與現代變遷　余英時著
53 橡溪雜拾　思　果著
54 統一後的德國　郭恆鈺主編

⑤⑤愛廬談文學　黃永武著
⑤⑥南十字星座　呂大明著
⑤⑦重叠的足跡　韓　秀著
⑤⑧書鄉長短調　黃碧端著
⑤⑨愛情・仇恨・政治　朱立民著
・漢姆雷特專論及其他
⑥⓪蝴蝶球傳奇　顏匯增著
・真實與虛構
⑥①文化啓示錄　南方朔著
⑥②日本這個國家　章　陸著
⑥③在沉寂與鼎沸之間　黃碧端著
⑥④民主與兩岸動向　余英時著
⑥⑤靈魂的按摩　劉紹銘著
⑥⑥迎向眾聲　向　陽著
・八〇年代臺灣文化情境觀察
⑥⑦蛻變中的臺灣經濟　于宗先著
⑥⑧從現代到當代　鄭樹森著
⑥⑨嚴肅的遊戲　楊錦郁著
・當代文藝訪談錄
⑦⓪甜鹹酸梅　向　明著
⑦①楓　香　黃國彬著
⑦②日本深層　齊　濤著
⑦③美麗的負荷　封德屏著
⑦④現代文明的隱者　周陽山著
⑦⑤煙火與噴泉　白　靈著
⑦⑥七十浮跡　項退結著
・生活體驗與思考
⑦⑦永恆的彩虹　小　民著
⑦⑧情繫一環　梁錫華著
⑦⑨遠山一抹　思　果著
⑧⓪尋找希望的星空　呂大明著
⑧①領養一株雲杉　黃文範著
⑧②浮世情懷　劉安諾著
⑧③天涯長青　趙淑俠著
⑧④文學札記　黃國彬著

⑧⑤訪草（第一卷）

陳冠學　著

本書是作者於田園生活中所見所感之作，內有田園畫，有家居圖，有專寫田園聲光、哲理的卷軸。喜愛大自然田園清新景象的讀者，將可從中獲得一份未曾預期的驚喜與滿足；另有一小部分有關人性與人生哲理的文字，則會句句印入您的心底。

⑧⑥藍色的斷想

·孤獨者隨想錄

A·B·C全卷

陳冠學　著

本書是作者暫離大自然和田園，帶著深沈的憂鬱面對人世之作。一路上你將有許多領略與感觸，時或有天光爆破的驚喜；但多數時候，你的心頭將披著一襲輕愁，甚或覆著一領悲情。這是悲觀哲學，卻是被熱情、關心與希望融化了的悲觀哲學。

⑧⑦追不回的永恆

彭歌　著

本書是《聯合報》副刊上「三三草」專欄的結集。作者以其犀利的筆鋒，對種種社會現象痛下針砭，冀望這些警世的短文，能如暮鼓晨鐘般，在這變亂紛乘的時代，起著振聾發聵的作用。

⑧⑧紫水晶戒指

小民　著

俗世間的珍寶，有謂璀燦的鑽石碧玉，有謂顯榮的列鼎封侯。其實生活就是人生最美的寶物，不假外求。非常喜愛紫色的小民女士，以她一貫親切、自然的文筆，輯選出這本小品，好比美麗的紫色禮物，要獻給愛好文學也愛好生活的您。

⑧⑨ 心路的嬉逐

劉延湘 著

本書筆調清新幽默，論理深刻而又能落實於生活踐履。走一趟作者精心安排的「心路」之旅，您將莞爾一笑，心情頓時開朗。而您也將發現，原以為只是一條山間小路，結果卻是風景優美，鳥語花香的舒坦大道。

⑨⓪ 情書外一章

韓　秀 著

情與愛是人類謳歌不盡的永恆主題，它為空虛貧乏的現代生活加添了無數的色彩。本書記錄下了作者在日常生活中感受到的親情、愛情、友情及故園情，在書中點滴的情感交流裏，在這些溫馨的文字中，我們是否也能試著尋回一些早已失去的東西。

⑨① 情到深處

簡　宛 著

本書是作者旅美二十五年後的第二十五本結集。身為一個教育家，作者以其溫婉親切的筆調，寫出篇篇充滿溫情的佳構，不惟感動人心，亦復激勵人性。將愛、生活與學習確實的體驗，真正感受到人生的有情，生命也因此生意盎然。

⑨② 父女對話

陳冠學 著

一位老父與五歲幼女徜徉在山林之間，山林蓊鬱，山泉甘冽，這裏自有一份孤獨的甘美。本書是記述作者父女在人世僻靜的一個角落，過著遺世獨立生活的文字畫。舉世滔滔，這應是一面明鏡，堪供讀者對照。

(93) 陳冲前傳

嚴歌苓 著

在好萊塢市場，多少人一夜成名直步青雲，又有多少人一朝雲中跌落從此絕跡銀海。身為一個中國人，陳冲是經過多少的奮鬥與波折，身為一個聰慧多感的女子，她又是經過多少的心路激盪，才能處於這洶湧波滔中。本書將為您娓娓道出陳冲的故事。

(94) 面壁笑人類

祖 慰 著

本書是有「怪味小說派」之稱的大陸作家祖慰，在巴黎面壁五年悟得的佳構。他的散文神遊八荒，情貫萬里，將理性的思惟和非理性的激情雜揉一起。讀其作品既能吸收大量的科普知識，又可汲取其飄逸文風的美感享受。

(95) 不老的詩心

夏鐵肩 著

夏先生一生從事文化工作，大半心力都用在鼓勵培植有潛能的青年人，助他們走上文學貢獻之路。而他本身亦創作出不少的長短佳文。本書收錄計有：詩詞小品、散文、方塊評論等。作者一顆不老的詩心，洋溢在篇篇佳構中。

(96) 雲霧之國

合山 究 著

使中國風土之特殊性獨具一格的，與其說是天地的廣大，不如說是因塵埃、雲煙等而為之朦朦朧朧的自然空間吧！精氣、神仙、老莊、龍、山水畫、奇書等，其產生是有如何玄妙的根源啊！就以「雲霧」為起點，讓我們一起走進這美麗幻夢般的世界。

⑨⑦ 北京城不是一天造成的

喜樂 著

打從距今七百五十多年前開始，北京城走進歷史的繁華紛亂。現在，且輕輕走進史冊中尋常百姓的那頁，一盞清茶、幾盤小點，看純中國的插畫、尋純中國的足跡。由博學多聞的喜樂先生做嚮導，就讓你我在古意盎然中，細聆歲月的故事。

⑨⑧ 兩城憶往

楊孔鑫 著

霧裡的倫敦、浪漫的巴黎，除此之外，這兩城你可還留有其他印象。本書是作者派駐歐洲新聞工作二十多年的記錄。透過作者敏銳的筆觸，且讓讀者徜徉在花都、霧城的政經社會、文化藝術、風土人情以及歷史背景中。

⑨⑨ 詩情與俠骨

莊因 著

一顆明慧的善心與真摯的情感，經過俠骨詩情的鑄煉，將生活上的人情世事，轉化為最優美動人的文句，呈現出自然明朗灑脫的風格。文學對於作者而言，不僅是興趣，更是他的生命，但他不泥古而創新，在其文章中俯首可拾古典與現代的完美融合。

⑩⓪ 文化脈動

張錯 著

「我是一個文化悲觀者，因為我個人一直堅持某種希臘式的古典禮範，而這種文學或文化古典禮範，已日漸有如夫子當年春秋戰國的禮崩樂壞。」作者就是以這顆悲憫的心，用詩人敏銳的筆觸，深刻而熱切的批判著臺灣的文化怪象。

⑩ 桑樹下

繆天華 著

本書是作者在斗室外桑樹蔭的綠窗下寫就的小品散文。作者試圖在記憶的深處，尋回那些感人甚深的、發人深省的，或者趣味濃郁的人文逸事，不惟激勵讀者高遠的志趣，亦能遠離消沈、絕望的深淵。

⑩ 牛頓來訪

石家興 著

本書為作者三十多年來從事科學工作的心情寫照，包括思想、報導、論述、親情、遊記等等。文中處處流露出作者對科學的執著與熱愛，及超越科學之外的人文情懷，篇篇清新雋永，理中含情，情中有理，為科學與文學的結合，作了一番完美的見證。

⑩ 深情回眸

鮑曉暉 著

作者生長在一個顛沛流離的時代，雖然歷經千辛萬苦，但行文於字裏行間，卻不見怨天尤人；有的只是對以往和艱苦環境奮鬥的懷念及對現今生活的珍惜，以及世間人事物的觀照及關懷。做為一本懷舊之作，或是清新的生活小品，本書皆為上乘之作。

⑩ 新詩補給站

渡也 著

你寫過新詩嗎？你知道如何寫一首具有詩味的新詩？本書是由甫獲得「創世紀四十周年創作獎」的詩人兼詩評論家渡也先生，深入而精闢的剖析一首新詩的形成過程，指導初學者從如何造簡單句到如何寫出一首詩，是一本值得新詩愛好者注意的書。

⑩⑤ 鳳凰遊

李元洛 著

一生從事古典與現代詩論研究的大陸學者李元洛先生，如何在放下嚴肅的評論之筆，轉而用詩人細膩的筆觸，摹寫山水大地的記行，以及人生轉蓬的寄悵，書中句句是箴語、處處有真情，值得您細品。

⑩⑥ 文學人語

高大鵬 著

忙碌的社會分散了人們的注意力，淡化了人們對身旁人事物的感情，任由冷漠充填在你我四周……而本書的作者以感性的筆觸，表達了自己對身旁人事物的真心關懷，以平實的文字與讀者分享所遇所感，無疑是給每個冷漠的心靈甘霖般的滋潤。

⑩⑦ 養狗政治學

鄭赤琰 著

身處地理、政治環境特殊的香港，作者藉由動物的百態來反諷社會上種種光怪陸離的政治現象，在其輕鬆幽默的筆調背後，同時亦蘊含了嚴肅的意義。這一則則的政治寓言，讀之不僅令人莞爾一笑，更具有發人深省的作用，批判中帶有著深切的期盼。

⑩⑧ 烟塵

姜穆 著

作者是一位出生於貴州的苗族人，卻意外的捲入戰爭。在臺娶妻生子後，所抒發對戰亂、種族及親人的真誠關懷。內容深沈、筆觸清新，充分顯露在生活的烈焰煎熬下，早已視一切如浮雲，淡泊名利，將其一生的激越昂揚盡付千里烟塵中。

⑩⑨ 河宴

鍾怡雯 著

人間繁華的請柬處處，不如赴一場難得的野宴。聽一回水的演奏、看一場山的表演，再來細細品味鍾怡雯為您端出來的山野豐盛清淡的饗宴——極盡可口的綠、十分道地的藍，以及不加調味料的白。

⑪⓪ 滬上春秋

章念馳 著

章太炎，這位中國近代史上的思想家、政治家，曾因領導戊戌變法失敗而流亡海外。他雖是浙江餘姚人，卻有大半輩子的歲月是在上海度過。本書是由章太炎的嫡孫章念馳先生，從家族的口述和史料中，完整的敘述章太炎的這段滬上春秋。

⑪① 愛盧談心事

黃永武 著

每個人心中都有一枝彩筆，然而在趕遠路、忙上班的歲月裏，枕頭上的日升月降中，像拋來擲去的跳丸，彩筆就這樣褪去了顏色……本書作者在辭去沈重的教職和繁雜的行政工作後，重拾心中的彩筆，為您宣說一篇篇的文學心事。

⑪② 吹不散的人影

高大鵬 著

時代替換的快速，不知替換了多少人生舞臺上出現剎那的面孔；而人類，偏又是最健忘的族群。本書中所收錄的文章，均是作者用客觀的筆，為曾替人類社會或文化默默辛勤耕耘的「園丁」們，做最真實的文字記錄。

⑪3 草鞋權貴

嚴歌苓 著

曾經叱吒風雲的老將軍，是程家大院的最高權威，九個承繼他刁鑽聰明的兒女，則個個心懷鬼胎……一個來自鄉下的伶俐女孩，被命運的安排，走入這權貴世家。威權的代溝、情份的激盪、所有內心的驕傲與傷痛，這會是怎樣的衝突，怎樣的一生？

⑪4 是我們改變了世界

張放 著

從事文學藝術的工作者是「人類靈魂的工程師」。如果作家不能提高廣大讀者的精神生活品質，而僅為娛樂人心、滿足人們的好奇和刺激，那麼與馬戲團的小丑或兜售春藥的小販何異？故而作者不禁要問：是我們改變了世界，還是世界改變了我和你？

⑪5 夢裡有隻小小船

夏小舟 著

日本人參加婚禮愛穿黑色、日本料理味輕單調，日本人性格分ＡＢＣＤ、還有情書居然可以賣……於日本教書的大陸作家夏小舟，在本書除了告訴你作者旅日的見聞趣事外，也且隨她乘坐那夢裡的小小船，航行向那魂縈夢遷的故國灣港中。

⑪6 狂歡與破碎

林幸謙 著

你可曾聽過溯河魚的傳統？憑著當初離開河源的記憶，激勵著牠們回到了河川盡頭的故鄉。寧願冒著生命的危險，也不願成為溫暖海洋中的異鄉客。本書作者由溯河魚的傳統，引入海外華人的悲調，一種狂歡與失落、破碎而複雜的心靈面貌。

⑰ 哲學思考漫步

劉述先 著

同樣的環遊世界旅行，企業家看到的是廣大的市場和商機；觀光客沈迷的是風景名勝和購物；文人墨客則歌詠人類史蹟與造物的奧祕。而哲學家呢？本書作者以其敏銳的邏輯思考，在具體的形象世界中悠遊漫步。期待您經由本書而拓寬自己的視野。

⑱ 地鼠與玫瑰

水晶 著

地鼠營巢於地下，專喜啃囓花草植物的根莖。而玫瑰是酷愛陽光的美人，有潔癖，不能忍受穢物……本書作者從事寫作近四十年來，筆墨蘸盡世間人情冷暖，猶然孜孜不倦的寫作。揮灑於字裡行間的，是一種識盡愁滋味後卻道天涼好個秋的豁達心境。

⑲ 紅樓鐘聲

王熙元 著

文學博士王熙元教授，多年來一直不能忘情於散文的寫作。他的散文清新而感性，談生活點滴，筆端真情流露；論人生哲理，則深入淺出，發人深省。此外剖析文學之美，或回憶個人成長、求學的心路歷程，亦多令人有所啟發，值得一讀。

⑳ 寒冬聽天方夜譚

保真 著

本書為「青副」專欄「靜夜鐘聲」的結集。作者將其對生命與同胞的熱愛、執著，用感慨深邃的筆調，表現於一篇篇的短文中，告訴我們現今的臺灣與中國，需要我們付出什麼樣的關懷。在這些簡短的文字中，希望也能燃起我們一絲對民族的熱情。

⑫儒林新誌

周質平 著

本書是旅美普林斯頓大學周質平教授，將其多年在國內外的華文報章上所發表的四十多篇論述雜文結集成冊。書中呈顯出所謂海外學人的千般樣態，嘲諷中不失幽默，值得您細心體會。

⑫流水無歸程

白樺 著

大陸知名作家白樺繼《哀莫大於心未死》之後又一本長篇小說。他的書取材是當代的，是改革開放後大陸所面臨的經濟文化與人慾的衝擊。書中的人物如高幹、富商、少女、情婦、歌星等，在金錢的誘惑下，一一呈顯出深沈黑暗而扭曲的人性面。

⑫偷窺天國

劉紹銘 著

善人走完了人生路途上天國，會幸福到什麼程度？天國的幸福，會不會只是塵世快樂的延續？在本書作者引領之下偷窺天國的結果，是否會發覺天國的無趣？永恆實在可怕，幸福和快樂如果遙遙無盡期，一樣會變為無聊、乏味。天國，是否就在當下。

⑫倒淌河

嚴歌苓 著

屢獲各大報文學首獎的嚴歌苓，繼《陳沖前傳》、《草鞋權貴》後又一本小說新著。內容包括十個短篇及一部中篇〈倒淌河〉。全書無論在寫景、敘事或對話，都極老練辛辣，辣得幾乎教人流出淚來。

國立中央圖書館出版品預行編目資料

紅樓鐘聲／王熙元著. --初版. --臺北
市：三民，民84
面； 公分. --(三民叢刊)
ISBN 957-14-2269-X（平裝）

855 84007319

著作人 王熙元
發行人 劉振强
著作財產權人 三民書局股份有限公司
臺北市復興北路三八六號
發行所 三民書局股份有限公司
地 址／臺北市復興北路三八六號
郵 撥／〇〇〇九九九八——五號
印刷所 三民書局股份有限公司
門市部 復北店／臺北市復興北路三八六號
重南店／臺北市重慶南路一段六十一號
初 版 中華民國八十四年九月
編 號 S 85304
基本定價 叁元貳角
行政院新聞局登記證局版臺業字第〇二〇〇號

ISBN 957-14-2269-X（平裝）